怠惰魔王的轉職條件

角色簡介

征服世界也好、毀滅世界也罷，通通交給隔壁新來的魔王去處理吧。

羅亞

第四十四任魔王。宅屬性家裡蹲，討厭麻煩、極其懶惰。

怠惰魔王的轉職條件

角色簡介

您的未來徹底沒救了。

瑟那

魔王的管家兼監護人。精明幹練、
氣質優雅，內藏腹黑毒舌本性。

CHARACTER
FILE,SENNA.

GOBOOKS
& SITAK
GROUP©

GOBOOKS & SITAK GROUP©

三日月書版

三日月書版

怠惰魔王的
轉職條件
01
How to Change Career
from Demon King to Hero
雪翼 著
泱泱大國 繪
Presented by
XueYi and YangYangDaGuo
輕世代
FW322
三日月書版

怠惰な魔王の転職条件

How to Change Career from Demon King to Hero

怠惰魔王的轉職條件

目錄

CONTENTS

怠惰な魔王の転職条件

楔子

How to Change Career
from Demon King to Hero

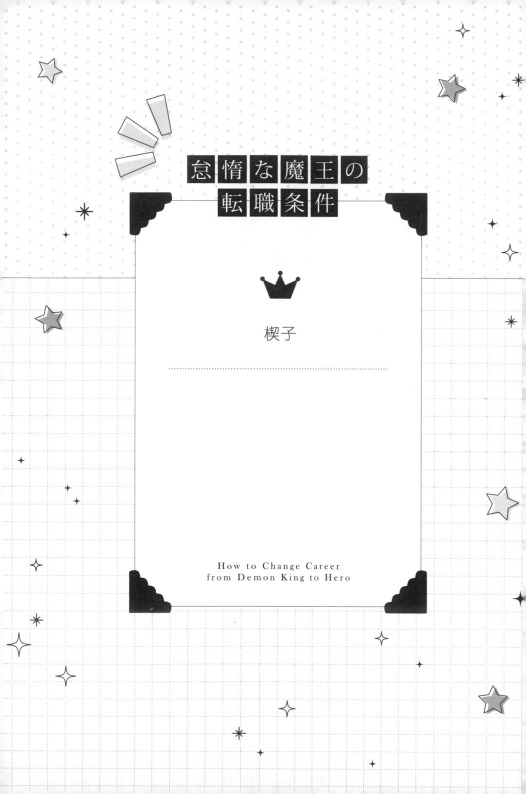

即便新世代的替換早已迫在眉睫，許多國家仍堅持採用舊有的觀念。對部分保守派人士來說，高科技文明雖象徵著時代的躍進，然而，將古老文明完整傳承也同樣重要。這般的新舊衝突，反而創造了新的舞臺。

於是，當你偶然駐足、抬首仰望天際時，映入眼簾的除了鮮豔的巨大飛行機之外，還得不時留心閃避從天而降的魔獸排泄物，一個不注意甚至會被魔獸們帶有灼灼炙氣的鼻息給波及到。

於此同時，在科技文明與魔法終不再互相衝突的世界，魔王與勇者之間的鬥爭也隨之揭開歷史新一頁。

怠惰な魔王の転職条件

第一章

自古以來，
魔王城裡總有個廢材家裡蹲

How to Change Career
from Demon King to Hero

羅亞．桑卡迪耶．艾默瑞斯．路西法是前任魔王唯一合法認可的第四十四位繼承人，同時也是統御魔族的王，吟遊詩人們傳頌經典故事中的邪惡反派，世人們無不感到畏懼、戰慄不已的對象。然而，這樣的魔王竟然也有遭受生命威脅的時刻。

從未如此膽戰心驚，光是呼吸就覺得吃力。明明只要多五分鐘的空檔就足以反擊，羅亞緊握手中的長劍，奮力轉動被固定住的頭顱，然而效果不彰，猶如即將任人宰割的羔羊。周遭的情況在在展現不樂觀的前景，以糟透了來形容再貼切不過。

多麼令人心碎的一幅畫面啊，但是誰都無能為力。

分秒逼近的死亡是如此迫切，灼熱的氣息噴上羅亞素來毫無表情的清秀臉龐。此刻，他正四肢齊張地掛在蜘網上，銀白絲線切割出排列分明的堅韌結構，以魔王為中心，延伸至幾十尺的範圍外，橫跨山崖的兩側峭壁，以便承載蛛網主人的重量。這張網子上的超強黏液可以瞬間使誤觸的獵物深陷於此，成為牠飽腹一餐的食物。

這就是眼下魔王急需處置的生死危機——淪為一隻巨大到不可思議的蜘蛛型魔獸的盤中飧。

羅亞的臉上無所畏懼，可以說是面無表情地凝視著前方緩慢爬行過來的巨大魔獸。無視一般的劇情套路，魔王打了ㄇ大大的呵欠，懶癌來到末期的少年對眼前的情況像是忽然失去興致般無精打采，只想快點結束。

「呀啊，我要被吃掉了，誰都好，快來人救救我……」

為了製造命懸一線的緊張氣氛，他發出毫無抑揚頓挫的呼救聲。不這樣做，遊戲就不好玩了，魔王沒忘，現在他的身分不過是一個尋常的冒險者。

思索著該如何應付面前的突發關卡，羅亞的眉頭輕皺，似乎腦中有什麼想法逐漸成形。他使勁掙脫出空著的另一隻手，平舉，掌心凝聚的魔法能量似微光般照亮了黝黑的空間。片刻後光束越發強烈，如白晝降臨，隨著時間過去逐漸冷卻、塑形，一把光鑄成的劍登時浮現。劍體通透銀亮，散發出一股凜凜之威的氣勢。

魔獸竟挑在這一刻挾帶驚人的旋風俯衝而來，八足迅速交錯，口器上那對獠牙不時發出詭異的摩擦聲。霎時間，怪物往空中彈跳，大幅度縮減距離，眼看馬上就要撲過來了，魔王卻只是不動聲色地靜靜等待，臉上現出不懷好意的笑容。他快速蠕動唇瓣，吟誦一句古怪咒文，接著在話音落下前喊出必殺技的名稱——

「突破吧，銀白世界，祈願者！」

說時遲那時快，飄浮在半空中的光劍驀然異變、劇烈地震盪起來。下一刻，就像視覺錯亂般分裂出無數把分身，宛如由同一個劍模鑄造，就這麼延伸鋪滿肉眼所見的每一處空間，整個世界彷彿被銀白包裹，熠熠生輝。

而後，滿天光劍像劃過天際的流星雨，紛紛往下墜落，目標集中在單一個體之上。眨眼間，蛛型魔獸的背就像針插般插滿了劍，深深沒入，就連軀幹間的縫隙也被填滿。魔獸發出聲嘶力竭的痛苦哀號，不消片刻，便轉瞬間脆化，灰飛煙滅，一併帶走了牠的苦心傑作。少了蛛網的支撐，失去立足點的羅亞只能任由自己往下墜入看似無盡的深淵。

與此同時，周遭的空間開始崩塌，疼痛感藉由大腦神經襲捲全身，因為，有人正擅自拔掉這款虛擬實境冒險遊戲的——總電源。

「魔王大人，不好了！」

羅亞氣憤難當地一把脫掉頭盔眼鏡等遊戲裝備，粗魯地扔至一旁，像是強忍著極大的怒氣，全身顫抖個不停。他拳頭緊握，咬牙切齒地開口：「你看不出來嗎？看到你我全身才要不好了，而且是極度不好。」

來者絲毫不被魔王的壞心情所左右，逕自繼續說下去：「魔王城的大家，全都離職了。」

相當簡明扼要的句子，完美陳述了可能是魔王城有史以來遇上的最大困境。

魔王懶散歸懶散，但終究不傻，在衡量過其中的利害關係後，偏過頭，真心地提出疑問。

「今天是愚人節嗎？」

「不是，即便是，魔族也從不過這類的愚昧節日。何況那是人族自己發想以便打發無聊時間的餘興節慶。」

喔，原來是這樣。

「所以說，是我做錯什麼了嗎？」羅亞隨意猜測，其實也沒有一定要知道答案，但是如果這樣能暫時不用看到眼前男人的擾人身影，以及動不動就伴隨著嘲諷意味的漠然語氣，何樂不為呢。

男人深邃俊美的五官上閃過一絲訝異，但稍縱即逝，隨後便漾起過分有禮的微笑，如同他一貫表現出來的神態，溫和地告知：「全部。」

「全、全部？」猛然頓了一下，魔王不可置信地複述一遍。殘酷的實話往往帶來足以致命的殺傷力。

「是的，全部。」男人盡量以客觀的角度看待整件事，即使其中不免夾雜著私人情緒，「蝸居了五百年之久，不學無術也就罷了，成天只會沉浸在不切實際的幻想中的您，其存在根本玷汙了先王陛下給予您的諄諄教誨。試問，您還記得嗎？」

「……忘記了。」魔王說謊了，眼神心虛地飄開，不敢與身前管家打扮的俊美男人對視超過三秒，深怕洩漏出什麼心事。

「歷任的魔王陛下都朝著偉大的目標前行，背負著一族未來的希望，除了擴展領土範圍，也需要替族人們打開通往新世界的大門，征服世界。」

「那種事情我做不來啦，別像老爹一樣只會強加不可能的事情在我身上……」魔王略有微詞，嘀咕著抱怨個沒完。

「更重要的是，」男人顯然尚未說完，「為先王陛下復仇！勇者向來視我們為死對頭，反之亦然，長期水火不容的關係可說是眾所皆知，假使魔族大舉侵略人界，也是合情合理的情況。所以為了那一天，請務必提前做好準備。」

「這麼行的話，你為什麼不自己去啊，監護人。」魔王不干示弱地回擊，惱怒地嘖了聲，「相信你肯定會做得比我好。還有啊，別忘記現在魔王城連一個員工都沒有，在你打算侵略別國的時候，記得先招募員工啊。」

年紀尚輕的魔王直截了當地表明自己的立場，身體機能不容許他去做如此複雜的行為，例如：復仇。

光是想像，他就自覺好累好麻煩啊，與其如此，不如徹底逃避一切更省力。

面對魔王孩子氣的任性，男人像是習慣般地概括承受。他是瑟那，身兼數職的魔族男人，美其名是監護人，實則保母，而外在的既定印象卻是萬能管家。平時魔王城的大小事務都是他一手包辦，多虧如此，才能在第一時間發現全體員工集體跳槽的離奇事件。

每位魔族都有張好看的皮相，瑟那自然也不例外，順直的墨髮一絲不苟，打理得服服貼貼。俊秀的臉龐比起魔王略帶稚氣的容顏更顯幾分英氣，隱約散發的菁英氣勢似乎更適合擔任魔王。不過，本人沒有多餘的想法，年幼時受過的管家正統教育，只允許他全心全意地服侍魔王。至今，他已服侍過兩位魔王，分別是羅亞與他的父親。

「而且，到底為什麼你竟然是我的監護人，這不公平。」每每到了對自己不利的時刻，羅亞總是要控訴一遍，然後心有怨氣地想起那一天，頓時湧現一股難以言喻的複雜心情。

某天，類似的情況正在魔王城內上演。當時的瑟那無可奈何地瞇起眼，沉下臉色，盤算著眼下的情況。他明白羅亞聽不進他說的任何話，便狠狠咬牙，特意清了清喉嚨，用彷彿昭告天下的音量宣布：「從今往後我就是您的專屬保鑣、廚師、教師、管家、家臣，順便兼職監護人。」一口氣說完，其間毫無頓點。

「……監護人？」羅亞雖不明所以，但注意到了某個致命的關鍵詞，用一臉「開什麼玩笑」的表情抗議。雖然馬上恢復了面癱臉，但足夠讓人察覺他的不悅，「我已經五百多歲了，法律上不是規定十八歲就算成年？做什麼事情自然不需要監護人同意。更何況我可是十八乘以好幾百倍的年齡了。」

「那是人族啊，可我們是魔族，陛下。」瑟那依舊維持有禮的態度，含笑的眼神卻透露出殺意，「在魔族的律法中，滿六百歲方可成年，在那之前所有的決定權還是在於監護人身上。順帶一提，您還要四十年才成年。」

「這種事我怎麼沒聽過？那你自己呢，搞不好也『未』成年？」羅亞的嘴角僵硬地抽搐，額上爆出青筋。

「我今年九百八十歲了唷！」瑟那漾起一抹燦爛的笑容，似乎還包含著得意。

他手一揚，丟了本《魔族律法大全》在魔王面前，要他親眼查證。

「我要查魔族律法，關於監護人那章。」魔王趾高氣昂地對著擺在眼前的律法大全下達指令。

話音甫落，厚重如辭海的律法全書自動打開翻頁，一路跳過無數篇章，最後終於停住。怕魔王看不清，還貼心地放大了字體。只不過變大好幾倍的字體，效果反而有點適得其反。

魔王表示不悅，「也太大了吧，我沒瞎好嗎？快轉換成普通字體。」

魔族律法全書乖乖從命。

書上條列出來的律法與瑟那所說的並無二致，除此之外，在前任魔王的遺託下，管家確確實實就是新一任魔王的監護人。

如此莫名其妙的事情原來早就定下了，令人措手不及。

羅亞的出神沒有持續太久，瑟那不知從哪搬來一個箱子，裡面塞滿大大小小的信函。不用說，這些全都是辭職信。

「陛下，請看，這些全是辭職信。」瑟那簡潔地總結魔王城今日發生的大事，試圖提醒魔王正視眼前的危機，「上至各大家臣，下至基層員工，包含大廚、衛兵和侍女們，大家都離開了。」

對於前員工的去留，魔王只能暗罵這些人都不是好東西，反正沒一個人是真心想留在他身邊的。他倨傲地抬起下巴，用高高在上的冷淡姿態武裝自己。

「既然他們先不要我，那我也不要他們了。剛好扯平，誰也不欠誰。」

他雙臂還胸，一臉不在乎。

說實話，琵那也不能全怪他們，畢竟跟在這樣的魔王身邊既沒有前途、也沒有錢途，識時務者為俊傑嘛。至於他自己，身為代代服侍魔王的管家家族一員，他不能讓祖先累積的名聲斷送在他這一代手中，於是只能咬牙留下。

即便魔王沒用無能又廢材，整天除了像隻死魚一樣癱在地上，致力成為一點用處都沒有的大型垃圾，擺在家裡嫌礙事，但是要扔掉的話，又有那麼一點可惜……

琵那十分鄙視這樣的魔王，活了幾百年仍然像個毛頭小鬼，但這畢竟是前任魔王臨終前的遺命，他不敢不從，只能盡力輔佐魔王，即便對方是個廢材家裡蹲。

「您就是不能徹底反省對吧。」內心湧現一股苦澀，瑟那深深望了一眼不知何時改癱在地上的魔王，隨後沉默不語。

「我允許你，要是想跳槽的話，記得趁早啊瑟那卿。」魔王現在的態度近乎自暴自棄。

「魔王大人，只要是生物都應該配戴腦子，屬下是這麼認為的。順帶一提，是瑟那，並非瑟那卿。」他不忘糾正魔王老愛喊自己瑟那卿的壞毛病，自己不過是在魔王城擔任一介小小管家，並非掌管實權的大臣，加上卿未免也太不得體了。

瑟那上下打量地上的魔王，忍不住第無數次懷疑起自己的人生。

在令人聞風喪膽的暗黑大陸上，魔王城就坐落在地圖的正中央，像隻巨大的獅子般雄偉地盤踞在險峻的山陵之上，讓人望而生畏。外頭有堅固的結界保護，使得這座城在危機四伏的環境中屹立不搖，即使是暗黑大陸長期以來籠罩的潮溼與陰暗也未能侵襲這裡的一磚一瓦。

不過，如果黑暗能夠化為實體的話，那麼這裡的主人必然稱得上是絕對的黑暗。

誰能曉得，這個看似不過十五歲的少年，擁有雙重身分，一個是萬年躲在家裡從不出門的家裡蹲，另一個則是真實年齡好幾百歲的的新任魔王。

看到瑟那卿的身影始終待在自己的視角邊緣，羅亞壓下不斷攀升的煩躁感勉強坐起，整個人還是散發著爛泥般的散漫態度。

他舉起看似瘦弱的手臂，瀟灑地揮了揮，打算讓話題就此打住。「還有事嗎？沒什麼事的話就……」

「那個，」瑟那突兀地打斷魔王未完的話，一臉欲言又止，「屬下還有一事。」

羅亞再怎麼遲鈍，此時也注意到對方不尋常的猶豫態度，「嗯？」

「這個！」瑟那果斷地從口袋拿出細碎的金子，道出驚人的事實，「我們沒錢了。」

魔王彷彿被人潑了桶冷水，瞬間哽住。

「怎麼可能，上次查看的時候明明金庫還很滿的，難道說，魔王城裡有內賊？」震驚感猶在腦內迴盪，羅亞嗚一聲低下頭，遲遲不肯接受現實。

「上一次也已經是幾百年前的事情了，若論內賊，魔王城裡正好有一位站著茅坑不拉屎的小偷呢。」

小偷暗指的是誰自然不言而喻。

自覺理虧，魔王面無表情地撇開視線，即便想說些什麼，卻又因為太過麻煩而打消念頭。但瑟那可不打算饒過他，長臂一伸，以粗魯且以不容拒絕的氣勢拎起少年的後領一路拖到窗檯邊。

「……可以放開我嗎？」魔王有氣無力地任由對方野蠻對待，完全忘了自己本該是身分崇高的那一位。

「您看看那裡有什麼，然後將眼中所見的畫面告訴我。」瑟那鬆開手，目光越過潔淨的窗玻璃，意有所指地說道。

魔王慢吞吞地挪動，移至良好的觀景位置，由上往下俯瞰，魔王城是方圓百里內最雄偉壯觀的建築，又矗立在山陵上，自然能將底下的景色盡收眼底。就在山腳下，出現了另一座巍峨聳立的建築，帶著驚人的氣勢占據於此。城堡遼闊的範圍與魔王城相差不了多少，一磚一瓦卻沒有歷經風霜的斑駁，而是閃耀著煥然一新的美感，看起來是近期興建的建築物。

「在那裡的……也是自稱魔王的傢伙嗎？」好半晌，魔王才遲疑地說道。

「魔王只有一位。」瑟那毫不猶豫地否定，展現出絕對的忠誠，「無論在那裡的是誰，都無法與正統的繼承人相提並論，您只要記得這點就好。」

「所以大家都去那裡了？」有一瞬間，魔王眼底閃現哀傷，不過很快就被高傲的冷然取代，「那裡有什麼好的，說來聽聽，瑟那卿。」

「不只有一套完整的員工升遷制度、每月有固定發薪日，還有三節獎金，以及跨界員工旅遊。」

「……」羅亞無言的同時，內心陡然升起不安，有種還沒比就全盤皆輸的感覺，而他討厭這種感覺。

瑟那只是輕笑一聲，彷彿看穿自家主子的想法。「別擔心，陛下，只要您征服世界，那麼全世界的財富都將只屬於您一人，到時候想招募多少員工都不會是問題。」

彷彿被人一腳踩中痛處，羅亞的臉色瞬間變得青白，忽然陷入緊繃的情緒中。遲遲無法依靠自身薄弱的意志力從這樣的狀態中抽身，魔王在轉瞬間又癱回地上，變成一灘爛泥。「別開玩笑了，即使是魔王也有力不從心的時候，就饒了我吧。而且我才不想去幹這種吃力不討好的事，征服世界也好、毀滅世界也罷，不如統統交給隔壁新來的魔王去處理吧。」

瑟那一臉頭痛地看著地上的死魚。「這是小孩子才會有的想法，不該由尊貴的王的口中說出。」

「但是，照你的說法，我本來就是小孩子啊，監護人。」魔王決心要賴到底。

「……」瑟那的臉上寫滿無言，驀然有種狠狠被打臉的錯覺。

就在此時，被忽視許久的巨大投影銀幕，進入了廣告時間。

銀幕發出戲劇化的炫目白光，伴隨著登登登的老式廣告配樂。

待白光褪去之後……

首先映入眼簾的是一間美輪美奐，具有傳統風格的紅磚建築。學生們各個穿著精緻華美的制服在校園內四處走動、談笑風生，如畫一般的風景令人心生嚮往。

旁白說道：「在魔王遍地走的新世代，勇者一職是您的上上之選！本校不只有良好的環境，優良的師資，現在報名本學院，第一年學費減半。」

接著畫面在校內的食堂、宿舍、健身房及游泳池流暢地切換，還出現幾位俊男美女躺在池畔做日光浴的養眼畫面，整體散發出愜意悠閒的氛圍。

旁白繼續道：「讓我們一起討伐魔王，走上勇者之路吧！勇者專門培訓全體寄宿制諾藍學院，邀請您成為我們的一分子！」

短短三十秒的廣告，竟同時讓兩個魔族失了心神。

「那個勇者什麼的學校是什麼？」最後，由羅亞率先打破沉默。

瑟那察覺到自己的失態，趕緊清清喉嚨，挺直背脊，維持一流管家應有的姿態。

「是勇者專門培訓全體寄宿制諾藍學院，不是勇者什麼的學院。」瑟那流利地念出學園的全名，端出學識淵博的架子，為魔王陛下解說起來。「是一間專門培訓勇者的機構，已有幾十年歷史。校內的福利制度很好，而且保證退休後還能領到一筆優渥的退休金，所以吸引不少貴族子弟前來就讀，最近又到了他們的招生季。」

剎那間，羅亞靈機一動，強烈地感覺到有什麼想法逐漸成形。魔王瞇起眼，嘴角微微揚起狡詐的弧度，唯有這種想到壞點子的時刻，少年才稍稍有魔王的架勢。

「既然無法征服世界，那不如就反其道而行吧。決定了，從今往後我要轉職當勇者！」如此一來，勇者不就幹不掉身為魔王的我了？畢竟我們可是在同一陣營呢。

「呃，這麼突然？」至此，瑟那終於卸下鎮定自持的神情，錯愕地抽搐嘴角。相較少年的振奮，現在他更想親手幹掉這個不成才的年輕魔王。

魔王是個相當特別的人，這點無庸置疑。即便在魔族當中，他也是個異類。但特別與笨蛋常常只有一線之隔，瑟那可不能眼睜睜看著自家主人自甘墮落。更何況，身為魔王根本不應該做出如此愚蠢的選擇！錯誤的道路不可能突然扭轉成正確，哀莫大於心死大概就是他此刻的心境吧。

首先得讓魔王陛下那媲美單細胞生物的腦袋，理解魔王跟勇者打從出生起就是結構截然不同的物種。

「請您看這個！」不知從哪拉過一張白板，瑟那切換成教學模式，眼鏡一戴、教鞭一拿，儼然就是一名整日勤於教學的皇家教師。

羅亞還在驚訝白板是從哪變出來的，對方已經不容分說地講解起來。

教鞭指著白板上描繪的、一個散發黃光的人形。

「您看，這就是勇者，他們的體內會散發出正面能量，能給人們帶來希望及樂觀正面的想法。」

羅亞似懂非懂地點點頭。

「反之，這才是魔族！」瑟那又將教鞭指向另一個人形。與前者不同，這人渾身環繞著黑色光芒，彷彿無底的黑洞。「魔族只會散發負面能量，與這樣的種族接觸，只會帶來絕望與不幸。違背本質不是這麼容易的，這樣您聽明白了嗎？」

「只要不是黑髮就可以了吧？」

「您顯然又抓錯了重點。黑髮墨眼已經成為魔族的標記，缺少這些特色，就不像魔族完全體了。魔族高貴的血統須得代代傳承下去，希望您——」

眼看管家又要以自身的碎念功力譜出長篇大論，羅亞意興闌珊地掏掏耳朵，打了呵欠，目光即將渙散，「能不能說重點就好。」

「您的未來徹底沒救了。」

「我說瑟那卿啊，如果你覺得這種垃圾話對現下的情況有什麼實質幫助，那可就大錯特錯了。」魔王本想發難，但礙於監護人的威嚴，只能悻悻然地作罷。

「總之，魔王是不可能進入以培育勇者為宗旨的教育機構裡就讀的。」清了清喉嚨，瑟那這回不再拐彎抹腳。

「嗯，說得有道理，但本王已經擅自報名入學，如此看來又是另一回事了。」羅亞說著，不禁有些沾沾自喜，眼底露出狡黠的光，一副十足的反派樣。

「什麼時候發生的事？」若是魔王的積極平時肯拿出一半的話，怎麼樣也不至於五百多年來一事無成。

「就在昨天，而且對方還相當爽快地接受了。」魔王毫不懷疑這可能是陷阱。

「這實在是……」情況如此急轉直下，連瑟那都不知道該說些什麼來表達內心的震驚，轉而沉默下來。

魔王決定把握良機，繼續進攻，一副有我在你放心的態度，「我會隱藏得很好，不讓其他人發現的。」想了想，添上一句補充，「再說了，現在魔王城最缺的不就是錢嗎?等成功拿到畢業證書，自然就會有很多工作上門，我覺得這樣很好。」

「您這麼說，是想到了什麼擊潰勇者的計謀嗎?」瑟那寧可相信這個想法。

「計畫什麼的談不上啦，反正，船到橋頭自然直吧。」

瑟那忽然有種預感，在往後的數年間，他會因為這種不中用的名言而賠上自己原本大好的職業生涯。

但他還是皺著眉頭，認真思考起魔王所提出的可能性。瑟那的內心逐漸動搖，彷如心中擺放著一把天秤，一邊擺放著魔王陛下的人身安全，一邊則放著白花花的鈔票。孰輕孰重可想而知，最後當然是由金錢那方勝出。

誰叫錢是目前是魔王城最需要的東西，其餘一切可以忽略。

「好吧。」勉為其難地妥協後，瑟那自覺仍須提醒幾句，免得又捅出什麼亂子。「不過，勇者專門培訓全體寄宿制諾藍學院要想修滿學分的話，必須讀滿六年才能畢業。即使您天資過人，一路跳級，起碼也得花上四到五年的時間才可領到畢業證書。」深吸一口氣，瑟那道出會讓魔王徹底崩潰的事實。

「什麼?!」羅亞毫不意外地發出哀號。當初他可沒想這麼多細節，只知道要逃避勇者的追殺，最好的辦法就是藏身在敵營之中，沒想到讀書竟是如此麻煩的事。

語畢，魔王隨即頹廢地一軟，順勢向後倒去。但這次瑟那可不會再輕易放過難得的機會，在羅亞倒下之前就伸手撈住，以免對方又恢復成死魚狀態。

「這樣可不行喔！身為魔族之王必須說話算話。不過在此之前，先讓我們來整理一下您的儀容吧！」瑟那不客氣地展露笑顏，一臉狡猾。

「具體而言，你打算怎麼做？」羅亞戰戰兢兢地盯著突然靠近，放大數十倍的俊美臉孔，艱難地嚥了口唾沫，冷汗悄悄浸滿全身。

瑟那直接採取行動，一把抓住魔王頭頂上的那戳毛。羅亞的髮絲像瀑布般洩過肩頭，但因為長期未經保養，看上去有些黯淡無光。「那還用問，首先自然是替陛下除去礙眼的阻礙，您說是吧？」他爽朗地說道。

「不、不行！那裡是——」

羅亞反應激烈地掙扎抵抗，卻被瑟那徹底無視了。然而在下一刻，男人的表情大變。魔王的一頭亂髮居然一揪就全掀了起來，管家愣愣地瞪視著手中儼然是假髮的物體，腦袋轟一聲當機。

「都說了叫你不要這樣，你偏不聽，血壓升高可不要怪我……」

羅亞的聲音略帶尷尬，頓時間有種全身被人扒光、任人檢視的錯覺。魔王渾身不自在地扭動身體，露出一顆頭形完美的粉色髮絲，瀏海處有幾束鮮紅的挑染，很符合時下年輕人的品味。

「這顆頭是怎麼回事！」待回過神來，瑟那的怒氣瞬間爆發。他用盡力氣嘶吼，彷彿控訴著什麼，就連敬語都忘了使用。

「不過是染髮，有什麼好大驚小怪的。」魔王不怕死地再度踩上瑟那的痛腳。

「再怎麼沒自覺，也應該有個分寸，你這愚蠢的傢伙！」

口不擇言地飆罵幾句後，瑟那簡直欲哭無淚。

怠惰な魔王の
転職条件

第二章

變態盜賊團的偶發事件

How to Change Career
from Demon King to Hero

抬起頭，羅亞此時正站在熙來攘往的街道上，頂上是蔚藍的天空，有許多小黑點快速移動著。那些小黑點有些是魔獸空中巴士，有些則是大型飛行船，其間不時閃過魔法地毯的殘影。大家都朝著自己的目的地移動，速度雖快，卻也不至於相撞，偶爾還是會有事故，但發生的機率相當小。

根據《空中交通條例》，凡是違規者，除了吊銷空中通行執照，還有可能被判刑。

許久沒有邁出家門一步的羅亞，看著街道上林立的繁華商店，四處充斥的五顏六色招牌，各種魔法、科技、還有兩者相結合的商品混雜其中，讓他感到既熟悉又陌生。

此刻的心境說有多複雜就該有多複雜，儘管他表面上不動聲色，內心卻早已因外界陌生的繁華世界而崩潰無數次。

雖然是自己發下豪語要轉職當勇者，但仔細一想，這根本就行不通的吧。他從來沒有讀過書，當然連一丁點學習的精神都擠不出來，也從來沒試著交過朋友。

那些人總是以世俗的眼光評斷他，認定他是魔王，就必須做出符合他們期望的行為舉止。結果他卻什麼都不是，反倒成了一隻出盡洋相、令人失望的雜魚。

世界，果然還是應該滅亡才對。

「我想回家了，可以幫我叫計程車嗎？不，就算是魔獸拉的車也無所謂。」羅亞懶洋洋地開口。

如影子般隨侍在側的瑟那彈響手指，幾張紙頓時落至魔王的面前，共有六頁。

「這是我為您悉心整理的入學注意事項，請務必詳細閱讀。染髮的事情就算了，接下來幾天，請您務必當隻死魚就好，什麼事情都不要做。」他已經不想再與魔王一般見識，直接無視對方的發言。

從出生到現在從沒上過正統課程的魔王，跟其他新生站在人潮擁擠的車站，雖然一臉無趣，飄移的眼神卻透出心中的焦慮。

放眼望去，車站內有許多跟魔王穿著相同制服的新生，也有看似來自其他學校的學生，但因為諾藍的制服很顯眼，所以一眼就能辨認出來。

羅亞身上穿的這套是夏季制服，西裝外套採用較輕盈透氣的材質，連褲子的質感也絲毫不馬虎。據說諾藍學院一系列的制服是聘請名家操刀設計，使用最頂級的衣料手工縫製而成，校方從不吝於花錢。

火車挾帶著一股強烈的風勢，緩緩減速進站。頓時間，上下車的人潮將原本就忙亂的月臺擠得更加水洩不通。

「火車來了！快點少爺，晚了就得搭下一班了！」

使用這個身分來掩飾是瑟那的要求，畢竟他們即將深入敵營，必須謹慎行事。他之所以會同意魔王陛下深入虎穴的計畫，除了解決錢的問題之外，他也想著若是能藉此發現勇者們的弱點，那麼征服世界一途也就指日可待了！

提著大包小包行李的瑟那，艱難地穿過擁擠的人潮，費了一番工夫才抵達專車。確認魔王安全無虞地跟在身後，沒有被人群衝散後，他才放心地尋找事前預定好的包廂。

瑟那側身拉開包廂的門，羅亞率先踏足進去，都站了那麼久，他現在急需坐下來歇歇腳。

似乎沒料到裡頭還坐著別人，羅亞立刻向後退，同時說著：「抱歉，走錯了。」語氣中絲毫沒有歉意，彷彿平鋪直敘地念著劇本臺詞。

退沒幾步就撞上一堵厚實的胸膛，這讓他有點不悅。「瑟那卿，快讓開，沒看到這裡已經有坐人了嗎？」

「是這裡沒錯，少爺。」瑟那長腿一邁，越過少年，上前仔細地把行李在架上放置妥當，然後示意羅亞坐下。「站著很危險，請坐下，少爺。」

魔王雖然一頭霧水，但也確實累了，於是抬起下巴高傲地走了進去，懶洋洋地坐下。

「說清楚這是怎麼回事，瑟那卿。」或許是因為坐在柔軟坐椅上帶來的愉悅感，羅亞的語氣不再那麼尖銳。

「是瑟那。因為包廂早已被訂滿，眼下只有跟他人共享一間這個辦法。」瑟那沒有跟著坐下，而是做好管家的本分，站在一旁，隨時準備應付羅亞的各種需求。

「啥？」羅亞隨興地翹起腳，「誰讓你擅自作主的？憑什麼我要和別人共用包廂，我說的話你都沒放在心上。」

包廂是密閉式空間，羅亞的音量並沒有因為他人的存在而降低，反而更大聲，對面顯然也是一主一僕的組合一字不漏地全聽見了。

魔王從不在意旁人的看法，幾乎想到什麼就說什麼，毫無顧忌。要他憋著不說，那簡直比死還難受。

只見，對方其中一人明顯穿著與魔王同款的制服，似乎也是準備到學院報到的新生。不過，羅亞完全沒打算在火車上先搞好所謂的同儕情誼。

即使另一名少年聽見了，卻也沒表現出放在心上的樣子，只是將臉貼近手上的書，看得相當專注，上頭的書名卻讓魔王的心微微一跳。

《攻略魔王的一百種教戰守則》

——到底是誰有那種閒情逸致出版這種垃圾。

「喂，我說你。」魔王率先發難，打破沉默的氣氛。

對方嚇了好大一跳，愣愣地伸手指向自己，瞠圓雙目。「嗯？請問你是在跟我說話嗎。」

「廢話，你覺得這裡難道還有其他值得我搭話的對象嗎？」

羅亞這種不留情面的說話風格，世上除了瑟那之外，想必沒幾人能夠消受得了。

「那個，請問有什麼事嗎？」然而對方似乎擁有相當良好的修養，有禮地回應羅亞。

「書。」

「啊這個啊，」少年輕輕「啊」了一聲，相當樂於分享，「這本書刊載了居住在暗黑大陸上歷任魔王不可告人的祕密。將這些弱點統一編整起來，就是足以讓魔王一擊斃命的教戰守則。譬如說，就有任魔王長年有地中海禿頭的困擾，只要偷走假髮，他的攻擊力就會瞬間減半；還有啊，有一任魔王喜好女色，但是只有在床上的戰鬥力破百，下床之後的攻擊力連普通男性的一半都不到。另外——」

「停，可以了。」已經聽夠了，魔王相當篤定，這本垃圾書裡盡是些毫無根據可言的東西。要是魔族都是些不堪一擊的小角色，也不會是世人所懼怕的邪惡反派了，真是笑話。

殊不知，瑟那聽了之後只是低垂著頭，一臉若有所思。「沒想到這些祕密那麼早就被攤在陽光底下了。這麼一來就能夠解釋，歷任魔王為什麼都活不過千歲，看來就是這本書導致的結果。」

「你說什麼？」魔王僵硬地抽動嘴角，簡直無言以對。

為了逃脫這令人尷尬的話題，羅亞癱著一張臉對身旁的管家下了一道命令。

「瑟那卿，那個。」要度過漫長的搭車時間，就必須要有那個才行啊！

羅亞懶懶地抬起一指，朝瑟那站立的方向勾了勾。

「沒帶。」瑟那簡潔有力地回答。

「沒帶？」這下魔王的睡意瞬時消失大半，「我記得我統統都塞進行李箱了。」

「是這樣沒錯，」瑟那證實羅亞的記憶無誤，不過接著補充，「但我又全拿出來了。」

魔王口中的「那個」，可以泛指的東西很多，在這種時候通常是指漫畫、電玩一類會被學校視為違禁品的物品。所以瑟那貼心地只幫魔王帶了他認為有益身心健康的東西，而顯然羅亞並不領情，忿忿不平地開腔抱怨。

「你幹嘛多管閒事，我那些漫畫書只要一天不翻就會腐朽的，你知不知道啊。」

「放心，在那之前，您的身心會先腐敗的。」瑟那皮笑肉不笑地回應。

——不，是早就已經腐敗了。

對面的少年不斷轉動視線，來回看著羅亞那面癱中泛著黑氣的難看神色，和瑟那那依然怡然自得的得意表情。他悄聲對一旁僕從打扮的男子說道：「氣氛好像有點糟糕，我應該說些什麼嗎？」

「什麼都可以，畢竟少爺的話就像天使歌聲般動聽。」對方身上散發出宛若實質的寵溺光輝。

像這種尷尬的時候，總得要有人出來當砲灰……不，是化解沉重的氣氛。

少年側頭思索，回頭時臉上已經掛著過分燦爛的笑容，開口道：「常常生氣的話，臉會變得不可愛喔。不過你應該短期內都不用煩惱這種問題就是了。」

氛圍沉悶的話，微笑就對了。

「你說我什麼？可愛？」魔王的聲音瞬時摻入冰渣，生硬的視線朝前一瞪。

「男孩就是要可愛才對，我之前看過一本書上是這麼寫的——可愛就能為所欲為，我想應該錯不了的，對吧，琉江？」

被柔聲喚作琉江作的男子，察覺空氣中不斷傳遞過來的怒氣，小心翼翼地斟酌著回應。「少爺，其實屬下從不這麼認為。畢竟用可愛來形容一名男性，這實在是——」根本就不合時宜啊，少爺，請適時懂得閱讀空氣好嗎？

「你這無禮之人！竟敢用可愛這類低俗的詞彙來形容本王，是活得不耐煩了嗎？上一次膽敢這樣冒犯我的人——」

「可是我覺得不是冒犯耶。」少年用真誠的語氣截斷羅亞，絲毫不顧後者逐漸鐵青的臉色，「對了，還沒向你自我介紹，我是夏洛特，這是我的執事琉江。那你的名字呢，方便告訴我嗎？」

羅亞輕蔑地咕了一聲，毫不掩飾血液裡流竄的那股傲然。他可是魔族裡尊貴的王，沒必要隱瞞自己的名字。

「哼，給我仔細聽好了，本王的名字是羅亞……」

「容我介紹！少爺的名字是羅亞‧愛默瑞思‧薩爾瓦多‧卡加列‧路西法‧桑卡迪耶‧弗雷西爾德，簡稱羅亞。」

深怕魔王當真要把自己的全名一字不漏地告訴對方，瑟那搶先一步，一口氣胡謅幾個名字，把真實的姓與名藏在其中，藉此蒙混過關。

結果證明這個方法十分成功。

「羅亞，你的名字好長喔！」少年一副頭昏轉向記不住的樣子，而這就是瑟那要的效果。

羅亞狠狠瞪了瑟那一眼，以此表達他的不滿。

既然成功得知對方的名字了，少年難掩興奮地繼續說道：「我也是今年入學的新生，未來或許被分到同一班，還請多多指教！」說著伸長手臂，五指併攏，不斷散發出想要握手的欲望。

羅亞只有在他家的寵物上看過這種光輝。

然而，他就只是懶洋洋地看著，完全看不出半點回握的欲望，夏洛特只好尷尬地把手縮回。

但夏洛特不知道的是，魔王已經擅自在腦中將對方的名字快速更換成同學A。身為魔王，羅亞才不會浪費時間去記一個沒什麼特色的人族的姓名。

要知道，魔族幾乎都長得十分出眾，從小就被美顏大量刺激，也就將羅亞審美標準培養得突破天際。

其實平心而論，同學A的長相在人族中，還算是挺不賴的。金髮碧眼，再加上渾身散發的天然呆氣質，像隻奶狗般純真討喜，不得不說肯定會激發出一票女性的母性光輝。

但在魔王眼中，這張臉充其量就是個平凡的路人甲。至於那些長相比不上同學A的人，可能就會直接被魔王歸類為醜陋生物。

魔王本來就沒什麼精神，在得知精神糧食全都原封不動地留在寶藏窟後，更是萎靡不振。他的死魚眼向上一吊，開始默默倒數自己與心靈枯竭而死的秒距。

如果宿命註定他將不幸嗝屁，那絕對不是被什麼不知哪來的勇者打倒，罪魁禍首必然是時時刻刻把監護人三個字掛在嘴邊的管家。

「那執事先生的名字呢？」同學A轉向一旁始終不發一語、默默將一切盡收眼底的男人。

「瑟那。」瑟那立即出聲糾正，「但我並不是執事，不過是名管家罷了。」

「這兩個不都一樣嗎？」同學A一臉困惑。

「當然不同，執事負責打理主人的一切，管家則必須統領整個家的日常運作。正確來說，我除了管家一職，更身兼保鏢、廚師、教師，以及最重要的——監護人之位。」瑟那說起話來莫名給人可靠的印象。

「哇，瑟那先生好厲害唷！」同學A暖棕色的大眼頓時盈滿星星，一臉欽佩。

要調教如此任性的少爺，應該很辛苦吧？同學A不禁用同情的眼光注視著瑟那，心底又更加崇拜瑟那幾分。比起掌握家中一切大小事物的管家，其實更像是那個吧。

——保母。

「瑟那先生，其實你不是人族吧？」同學A忽然道。連琉江也嚇了一跳，不明白自家少爺何出此言。

「同學A，請叫我瑟那就行。」主僕的想法果然很一致，少年再次成為姓名不詳的同學A。「不過為什麼你會有這種想法呢？」瑟那堆起和善的笑容，不動聲色地向前移動，無形中帶給對方一股壓力，同時眸底閃過一絲肅殺之色。

他明明隱藏得很好，跟那個整日脫線懶散、暴露在危機當中還渾然未覺的魔王不同，應該不可能會輕易被察覺非人族的身分。還是說他的行為模式被人看穿了？不對啊，他沒有做出有違常人邏輯的行動，要懷疑也先是懷疑魔王才對吧……

「啊，我也說不清楚，就是覺得瑟那不像是人族。」對於自己大膽的揣測，同學A只是不好意思地抓抓頭，不敢肯定地說道：「直覺是這麼說的，我猜得對嗎？」

「這樣的直覺，相當討人厭呢。」大概只是自己多心了，瑟那微微鬆了口氣。

「喂？我被瑟那先生討厭了嗎？怎麼會！」同學A神色慌張地說道。

「沒有的事，我不小心說出口的話，還請你不用太在意。」瑟那維持著一貫的優雅儀態，掛著紳士的微笑有禮地回道。

就是這樣才更讓人在意啊好不好！其實你剛剛只是不小心將真話給說溜了嘴吧？

羅亞的肚子很不湊巧地傳來一聲悶響，在密閉的空間裡格外清晰。

「瑟那卿，我肚子餓了⋯⋯」

可話都還沒說完，火車突然劇烈地左右搖晃，顛簸了好幾下，緊接著伴隨著金屬的刺耳摩擦聲，火車不知何故緊急剎車，停在了半路上。

「那麼快就到學院了？」魔王不疑有他，「我都還沒填飽肚子呢。學院裡應該有食堂吧，瑟那卿？」

「是的，我想應該有。」

相對於對面那對主僕的輕鬆談話，同學A的面色卻有些凝重。

肯定有緊急事故發生了！

「有點不對勁……」同學A喃喃自語道。

「怎麼，你終於想起自己坐錯包廂了嗎？現在醒悟還不算太晚，快點滾出去吧。」魔王逮到機會，就要人家包袱款款馬上滾蛋。

「我不是在說這個啦，而且我並沒有坐錯包廂好嗎！」

魔王嫌惡地反嘖了聲，死魚般的坐姿又向下滑了滑。

「你們難道不覺得有點不對勁嗎？」同學A試圖轉回話題。

「沒有啊，」魔王答得倒爽快，聳起一邊肩膀，「除了你坐錯包廂之外，老實說，我沒有覺得哪裡不對勁。」

再繼續爭論下去的話，根本一點意義都沒有。同學A決定改變戰略。

「你們看外面！」他抬手指向窗外。

正常人看到窗外的景色應該就會發現狀況不對了，他們根本還沒到學院，火車只到半途就因為某種緣故而被迫停駛，前面一定是出了什麼狀況！

「喔，怎樣？」羅亞勉為其難地瞧了一眼。

「羅亞，你到底知不知道現在是什麼狀況，我們遇上的有可能是非同小可的危機！」

「什麼情況？」羅亞茫然地扭過頭，瞄了眼氣急敗壞的同學A。

「你看看，火車因故停在了中途，一定是發生了什麼事。弄不好，很可能因此無法準時到達學院。」

「就只是這樣嗎？」魔王微愣，原本還以為是更加危及的突發狀況，只是這樣的話，好像也沒什麼非緊張不可的理由。

倒是夏洛特被羅亞平淡的反應弄糊塗了，片刻後，才遲疑地出聲：「假如在新生入學的第一天就遲到的話，勢必無法趕上分班測驗，導師們對我們的印象也會大打折扣。諾蘭學院是注重積分制度的教育機構，若是無法如期畢業的話，也沒關係嗎？」

「嗯……」羅亞眉頭微皺，頗為認真地思索了一下同學A說的話，最後才說：「也不是沒關係啦。只不過，在事態演變成有關係之前，我想先吃飯，瑟那卿。」

「馬上準備好。」瑟那二話不說，立刻轉身從自己的隨身行囊翻找出鍋碗瓢盆，當真就要在這狹窄的車廂裡幹起他的例行公事——煮飯投餵魔王。

面對這對毫無危機意識的主僕，同學A和琉江的反應都是無言以對。

接著，同學A清清喉嚨，決定把話挑明講。其實他一開始就該這麼做了，也就不用浪費那麼多時間。

「火車在抵達學院前，會經過三站。可是現在看起來像是停留在沼澤區，連第一站都還沒到，肯定是出了什麼問題。最近盜賊團猖獗，類似的事件也層出不窮，只是很少有人會將歪腦筋動在學院專車上，畢竟在這裡的乘客大多都是勇者預備役呢。」同學A迅速解釋他現下的擔憂，為的就是讓這對笨蛋主僕好好正視目前的困境！

「是嗎？所以是發生了劫車事件，這可真有趣。」聽了同學A的解說，羅亞仍然處變不驚，「瑟那卿，快去前頭探查，看到什麼有趣的景象記得向我回報。」

「琉江，你也去吧！就算沒看到什麼狀況沒關係喔，一切安全為上！」

不讓風頭都被瑟那給搶走，同學A也準備讓自家執事前去車頭探探情況。

「是，少爺。」

琉江點了點頭，隨後跟瑟那一同離開了車廂。

時間一分一秒緩慢流逝，每一秒都好似有幾十分鐘長，把一日光陰拉長成永無止境的時間地獄。

沒有了漫畫小說可以消磨時間，魔王單手撐著頭，百無聊賴地看著窗外幽暗的沼澤景色打發時間。同學A卻雙拳緊握、如坐針氈，看起來正擔心著自家執事的安危。

同間包廂，坐著氣質截然不同的兩人，頓時形成一副微妙的畫面。

「少爺。」終於，瑟那一貫沉穩自持的嗓音重新在門外出現。

「出了什麼事？」

「前方車廂幾乎都被盜賊團占據了，目前無人傷亡，但司機和前面的乘客幾乎都被當作人質，很快就會輪到我們這節車廂，先逃走吧，少爺。」瑟那不疾不徐地轉報第一手消息。首要之務自然是擔心自家主人的安危，其餘人一概與他無關。

「等一下，琉江呢？」同學A注意到回來的只有瑟那一人。

「他很可能被抓走了。」瑟那一臉抱歉地看著同學A，因為人族的反應不似魔族那般敏捷，所以當他發現情況不對勁時，周圍就只剩下他一人了。

瑟那原本想尋找琉江，但幾經衡量後，決定先回來通風報信才是最有效率的做法。說不定琉江只是迷了路，不是被盜賊綁走。也說不定盜賊並不想取人質的性命，搜括整車的財物後便會直接放人，畢竟人質當中可能存在著王宮貴族，事後衍生出的麻煩令他們不得不防。

「琉江啊！」同學A滿臉驚慌失措，起身就想衝出去救人，卻被羅亞一把按住肩膀拉了回來。

「別衝動，同學A。」人族就是如此莽莽撞撞的。羅亞慵懶地拍拍對方的肩，卻絲毫沒有要安慰對方的意思。

「我可以介紹很多很棒的執事給你，這個很一般的執事，就不用太留戀了，相信下一個會更好。」正所謂，舊的不去新的不來嘛。

「你到底是有多討厭琉江啊！」這次同學A幾乎沒有多想，內心的吐槽脫口而出。

「相信我，我對他沒有任何偏見。」羅亞面無表情地表示。

「羅亞……」同學A自動將聲音降低，姿態放軟，輕聲喚著眼前貌似與他年紀相仿，殊不知已經是人瑞年紀的少年，懇求意味濃厚。

「幹嘛？」魔王的雙手環繞胸前，微挑一側眉頭，極度不友善地回應道。肚子裡的鼓聲繼續激烈敲響，他忍不住嚥了口唾沫，進食的欲望每分每秒以倍數增長。

「能不能陪我去救琉江？」同學A將渺茫的希望寄予這個認識不到半天的新朋友身上。

原來是這等小事。「才不要。」幾乎用不上思考的時間，羅亞很乾脆地直接拒絕。

「等等，也拒絕得太快了吧！都不考慮一下的嗎？」同學A看起來很受傷。

羅亞的理由很簡單，魔族什麼事都幹，就是不幹慈善事業。

「不要就是不要。」

同學A難過得眼眶泛紅。「我們不是朋友嗎?難道我們的友情就這麼脆弱?我以為,所謂的朋友就是在面對困難時,彼此互相幫忙的存在,不是嗎!」他將臉湊上前,死死盯住羅亞,希望對方會因此改變心意。

羅亞微微側過頭,罕見地,一道銳利的目光射過去,黑眸閃過一絲怒火,這樣的表情配上絕美的臉孔,震撼力十足!

「你的話也太多了。」

同學A頓時身形一僵,無法動彈。

「我、我只是不想失去最珍視的人……」他低下了頭,委屈地扁了扁嘴,晶瑩的液體在眼眶內打轉,像隻備受打擊的狗狗。

是很麻煩沒錯,但魔王更討厭看到醜陋的人族在他面前哭泣。不是有這麼個說法嗎?眼淚都是用珍珠串成的,雖然他沒有如此爛漫的幻想,不過這確實讓人感到煩心不已。

「如果我幫你去救你那沒用的執事，能夠得到什麼回報？」不知道出於什麼自己也不是很明白的原因，魔王忽然改變心意了。

「羅亞，你的意思是……」同學A喜出望外，不可置信地瞪大雙眸，彷彿看見了一線曙光。

「快說話，我只要你一個承諾。」

「你想要什麼我都答應你，就算要我以身相許也沒有問題！」同學A絲毫不覺得自己說的話有什麼問題。

「不，我對你的身體一點興趣都沒有，你只需要答應我一個請求。」

「請求？是什麼呢？」同學A滿臉疑惑。

「這個請求我先保留起來，到時候無論我提出什麼，你都只有答應的份，不許拒絕。」

「是沒什麼問題啦，但這樣會讓人更在意你到底會對我提出什麼樣的要求耶。」真名為夏洛特的同學A一愣，臉頰莫名發熱。眼前的情勢讓他只能乖乖點頭，不疑有他地允諾。

「那就這麼說定了。」羅亞轉過身，不讓對方有機會看到自己嘴角那狡黠的微小弧度，自言自語般低聲補充：「你會後悔的。世上可沒幾個人有機會和魔族打交道。」

「嗯？你剛剛說什麼？」

「沒什麼。」魔王擺手敷衍帶過，然後看了管家一眼，「不是要去救人嗎？快帶路吧，我可不想被這種小事拖延到入學的行程。」話聲方落，他便逕自越過身旁的男人踏上包廂外的廊道，轉身大步向前走。

瑟那卻眼明手快地將魔王給提了回來，「是另一邊才對，少爺。」

「吵死了，我才沒有迷路，只是忽然想看看另外一邊的方向有什麼東西而已。」羅亞臉不紅氣不喘地把自己的失誤拗成巧合。

「當然，」聞言，瑟那只是端出一貫的完美笑容，「少爺從來不會迷路，只是打從出生起就分不清東西南北而已。不要緊，是人都有缺陷。」

「咦？羅亞原來是路痴啊。」夏洛特自覺好像發現了不得了的事情。

「……」

沼澤的主要成分大多是水或爛泥巴，供人站立的地方並不多，鐵軌是靠著魔法才得以浮在水面上。好處是可以防止盜匪出沒，雖然對於真正的有心人士，還是防不勝防；但另一方面，這片沼澤也能成為乘客的夢魘，因為如果發生什麼突發狀況，他們哪裡也去不得，只能孤立無援、坐以待斃。

若想要前往學院求救，必須順著鐵軌行經的軌跡往前行走。雖然此刻鐵軌看似永無止境，不過一旦過了沼澤地帶、越過微風草原站、再過一個山頭，終點站就會出現在學院的正門前方。

此刻，兩名魔族加上一位人族，正躡手躡腳地來到了火車前方的其中一間包廂。根據瑟那的目擊證詞，人質與盜賊團的成員大多集中在第一節車廂內。隔著相鄰的玻璃窗，羅亞小心翼翼地伏低身體，觀察前方的情況。沒過多久，一名似乎想透透氣的盜賊將門打開了一些，頓時內部的情況一覽無遺。

從窗口依稀可直接目視到盜賊團成員的長相，明明是低調的劫持行動，卻有一人特別受人注目，只見他對其他人頤指氣使，高傲地抬起下巴，神氣得不得了，肯定不是首領就是首領的左右手。

反正是大家都得聽他號令的階位。

不過，讓人想多看他兩眼的特質絕不只這些，男人的年紀目測約在四十上下，身形並不魁梧，頂著一個渾圓的啤酒肚，相貌平庸，卻穿著史上最驚世駭俗的蕾絲性感吊帶睡衣，硬是把一團團猶在不停晃動的肥肉給擠出來見客。

只能緊緊依靠彼此相互取暖的人質們碰到這種難堪的狀況，想笑又不敢出聲，結果就形成了一種哭笑不得的難看表情。

竟然看到髒東西了……

羅亞內心一陣咒罵，強烈具有衝擊感的一幕造成不小的心理陰影面積。

他迅速將目光收回後，視線轉了一圈轉而放在同學A身上，雖然後者長相平凡，起碼不會讓人有種不舒服的感覺。

「為什麼突然看我？」同學A尷尬地一時間不知該擺出何種表情。

「因為看到了髒東西，所以要看點普通的東西中和。」

「不好意思，我就是長得很平凡，嗚嗚。」

看到這位首領，他才發現自己一點都不了解人族，以前所知所學的關於人族的知識，似乎一下子就被推翻了。

「你們說，」羅亞沒頭沒腦地冒出一句。「我該不該好好教導那傢伙，何謂禮儀？」人族就應該要有人族的樣子，現這樣人不人、妖不妖的，成何體統。

你還好意思說？就你最沒有資格說別人！瑟那和同學A不約而同地在內心腹誹。

「不過，現在有一個問題。」羅亞無意識地咬著指甲，細細思索他們目前碰到的困境。作戰方針可以等等再擬定，接著就只剩下技術性問題了。「那裡，要怎麼過去？」魔王指著前方問。

聲東擊西似乎不適用於被劫的火車上，因為場地大大侷限了活動範圍。但相對地，對敵人而言更是如此，即便易守，卻難以火力全開地反擊。畢竟要是火車因此翻覆，將落得兩敗俱傷的局面。

「瑟那卿，我想到一個挺不錯的辦法，憑你一定能辦到。」羅亞的遲鈍腦袋就只有在這時動得飛快，靈機一動，忽然間萌生出一個不管從哪個角度來看都可行的方法。

「是的，少爺？」瑟那困惑地靠上前來，傾身聽聽是什麼不錯的辦法讓魔王陛下覺得一定可行，非要現在提出來不可。

「你去當誘餌引開這些盜匪，然後我們再趁機逃走。不，我的意思是說，解救人質的同時，順便尋找那位沒用的執事。」

這就是羅亞貧瘠的腦袋所能想到的損人利己的最佳辦法，而且百分百符合他一貫的做事原則——再怎麼不濟，自己永遠都不會是吃虧的一方。

「琉江才不會沒用，我覺得他相當好用！」夏特洛湊上來，煞有其事地扳起面孔，細聲辯駁。

魔王擰起眉心，推開靠得太近的臉龐，呿了聲。「我一點都不想要知道你家的執事有多好用。」

眼看對話逐漸偏向奇怪的方向發展，瑟那輕咳兩聲，將兩人的注意吸引過來。他嘴角微勾，以完美的笑容拒絕了羅亞。「辦不到，少爺。」

「啥？你連這點簡單的小事都辦不好嗎，瑟那卿？」

「純粹只是不想這麼做，您多慮了。」

以他的身手，就算面對一支軍隊也是小菜一碟，但問題在於，要想進入勇者學校就必須隱瞞自己身為魔族的這個事實。而這著實難倒他了。

萬一身分曝光的話，就會連帶害得魔王無法進入勇者學院就讀。想當然爾，也無法順利成功地領到畢業證書，更糟糕的是，魔王很有可能會因為打擊過大又恢復成萬年死魚的狀態。

「瑟那卿。」魔王不禁惱怒地沉聲低喊了聲，這一句喝斥卻恰巧溜進了來巡視附近還有無漏網之魚的盜賊團成員的耳裡。

「嗯？有誰在那裡嗎？」疑心大起的男人不願白白放過機會，偕同伙伴將這節車廂的每個包廂都徹底查清一遍。「現在乖乖走出來投降的話，本大爺說不定還能饒你一條命！」

「誰會相信這種鬼話啊，豬頭。」

盜賊團成員才喊出威嚇之言，下一秒一道聲音就清晰地傳進耳畔。那距離貼得很近，盜賊急急轉過身，立即撞見一張年輕俊秀的臉龐。還來不急仔細看，雙眼登時傳來一陣劇痛——他被噴上了刺激性的噴霧。掙扎之際，腹部遭受另一人的痛擊，他悶哼一聲，隨即倒地不起，昏厥過去。

魔王低頭看了眼地上不醒人事的盜賊，緩緩地開口：「沒想到這瓶那麼好用，下次再準備多點這種噴霧，我要備用。」

羅亞隨手將瓶子往旁擺放，夏洛特出於好奇接過，轉動瓶身，清楚地看到「防狼專用」四個字，不敢置信地瞠起雙目，「這個是……？」

「喔，那個啊，是我偶然間在電視購物頻道上看到的。真不明白為什麼只賣給女性，我覺得無論性別，人人都應該要配備一罐這麼好用的東西。」

「哈哈，是這樣嗎……」夏洛特無法從對方淡漠的神情判斷少年是否真心這麼認為。

「接下來就交給屬下為您開路，少爺。」瑟那冷靜自持的嗓音不急不徐地從旁響起。

「這不是你本來就該做的事情嗎？」魔王不悅地皺緊眉頭。

「我原來是想藉此機會考驗少爺您的實力，不料您只能使出像孩子惡作劇般的把戲。」瑟那的語氣不意外地帶著些許失望。

雖然臉上素來沒什麼表情，但在那瞬間，魔王瞇細的眸裡隱約可見熾烈的火焰在跳動。他尚未發難，瑟那已經整理好一身得體的裝扮，挺直背脊，率先踏出堅定的步伐，然後以跑百米的速度飛衝而去。

「老大，那是什麼？」

火車內部的人再如何神經大條，也注意到了外邊的動靜，紛紛朝外探頭出去。瞬間，眾人臉上寫滿了不知所措以及滿滿的惶恐。

「是不是有人正朝我們這邊衝過來？」

有人愣愣地問完之後，大家才終於回過神來，提高戒備。不時有人面面相覷，誰也沒有應付過這種突發狀況。

上課沒教過啊！盜賊團的眾人不約而同地心想。

「你、你們是什麼人？」首領縮著肩、驚懼地看向來勢洶洶之人，提起手中的槍械扣下扳機，卻在同一時間被打得一偏，武器瞬間支解。

「很抱歉，關於這個問題，我方並不打算多做任何解釋。」

不給敵方任何反擊的空檔，瑟那以迅雷不及掩耳的速度正面迎戰，絲毫不畏懼眼前人多勢眾的盜賊團。勢單力薄且赤手空拳的男子臉上不見急躁，一副游刃有餘的樣子，這樣的神態反而讓人不敢隨意欺近。

「這人是怎樣，死了嗎？」羅亞走到一旁，蹲下來檢視首領的屍身，只見中年男子似乎剛才被瑟那這麼一撞，在肚上累積的贅肉互相拍打的同時，受到了不小的驚嚇，兩眼一翻昏過去了。

「老大，掛了。」一名小弟哭喊得無比悽慘，抱住癱平在地一動不動的首領，簡單幾個字又重新點燃其他成員的怒火。

他們一齊將矛頭指向羅亞等人，眼刀凌厲得彷彿可以殺人。

「我們要幫老大報仇，殺了他們！」

「以他們的鮮血祭悼老大！」其他人應聲附和。

「等等，我非常確定他還沒掛好嗎！」如果死人還會肚子餓的話。

夏洛特親耳聽到從變態首領的肚子裡傳出好大一聲悶響，但這聲音還沒來得及擴散，就被其他成員群起激憤的叫喊聲掩蓋了。

環顧周遭，對這一觸即發的火爆場面，羅亞僅僅只是挑了挑眉，沒說什麼。

「托特，別跟他們廢話，殺了他們！」

另一名男人跟著幫腔。其餘的弟兄早已等不及要大開殺戒，血染車廂了！

被喚做托特的男子點點頭，眼神閃過一絲陰狠，完全沒有留活口的打算。

隨著時代的變遷，盜賊團的武器也日新月異，已經從原始的刀斧演變為槍砲一類的精密槍械。資金足夠的話，甚至一整團成員都被允許配戴施有魔法效果的武器，威力媲美一整支軍隊。顯然這個盜賊團是位於中間等級，每個成員都有把火力不小的槍枝。

不過眨眼的時間，就被上百把各式槍械指著，這種經驗可不是人人都有，即使是瑟那也是如此。

「各位，可以的話我並不想動粗。」

瑟那先是好言相勸，一方面是因為魔王的命令讓他不得不從，另一方面則是他不想弄髒這套上好的西裝。要知道，人族的血液可是很難清洗的。

「廢話少說！去死吧！」

不知道是誰，這麼說完就開了一槍，槍膛點燃火藥迸裂出點點火星，現場頓時瀰漫著一股刺鼻的煙硝味，空氣中彷彿蕩漾出一圈圈震盪的漣漪。

只見瑟那不閃也不避，子彈就這麼在眾人眼前筆直射入瑟那的左胸，他也被強烈的衝擊力帶起，身子往後一倒。

「死了嗎？怎麼不見一滴血？」有人眼利地看出不對勁。

「那是因為，子彈根本沒有傷到我一分一毫。」一道冷靜的嗓音從旁不冷不熱地冒出。

所有人皆是一愣，目瞪口呆地看向聲音的來源。

沒人料想得到，本該死得徹底的瑟那又活了過來，一臉輕鬆地站在眾人面前。一顆子彈像變魔術般地從他手中滑落，鏗鏘一聲落地。

「怪物……」

怎麼可能有人只憑單手就接住快速擊發的子彈，而且明明大家都親眼見到子彈沒入了他的身體，還是致命處！

盜賊團的成員們開始恐懼地往後退，手中舉起的槍械彷彿有千斤般的重量。惶恐令他們連槍都拿不穩，宛如瑟那是什麼吃人的怪物。

「我可不是什麼怪物。」

瑟那好整以暇地掏出一雙潔白手套，細心地為自己戴上。這是大掃除前不可或缺的事前準備工作。

為了挽回現場低迷的士氣，托特強自鎮定，抬起臉不屑地開口：「不過是運氣好才沒死！大家用不著怕他，區區一個人，哪敵得過我們上百人！」

彼此壯膽後，大伙又紛紛重新瞄準獵物，等待命令一下，隨即扣下扳機將男人給射成蜂窩，不留任何存活的機會。

「是嗎？那就讓我們拭目以待吧！」瑟那仍然是那副從容不迫的表情，連眉頭都不見皺一下。

十分鐘後，瑟那毫髮無傷地佇立在戰場中心，周圍可見的地板上橫七豎八地躺倒了盜賊團的成員。他們外表沒有明顯的傷痕，卻像是突然間得了嗜睡症，「陳屍」在車廂各處。但有一點可以肯定的是，他們都還活得好好的。

「要怎麼做才會讓他們變成這付德性啊？」羅亞挑眉，就連魔王也沒看過瑟那使出這一招。

「我只是讓他們小睡一下罷了。」管家故作神祕地輕笑，卻不正面回答。

羅亞只是哼了聲轉過頭去，沒有繼續追問。他知道，瑟那打定主意隱瞞的事，除非有一天他自己心情好全盤托出，否則這輩子都別想得知真相。

「琉江！」見到障礙消失，同學A邁開大步，一面高聲喊著執事的名字，一面踩過那些「屍體」，奔去前面救人了。

他一把拉開關著人質的車廂滑門，那些人質剛開始還搞不清楚狀況，但馬上明白是有人來救他們了，爭先恐後地要同學A替自己鬆綁，自私的人心在這種時刻完全展露無疑。

然而同學Ａ一心只有琉江，忽略了那些不斷朝自己呼喊的聲音，焦急的視線在人質中游移，可惜都是些生面孔。

被綁著的人質除了工作人員外，清一色都是勇者學院的學生和其隨行人員。

「人質。」羅亞不耐煩地出聲提醒。

「喔，對，我差點忘記了！」

同學Ａ抱歉地望了一眼喊救命喊到破音的人質們，然後與瑟那一一替他們鬆綁。羅亞站在一旁看著，完全沒有打算動手，還無聊地打了口呵欠。

在人質們紛紛感謝瑟那和同學Ａ的救命之恩時，羅亞獨自一人走去前頭的駕駛室。才剛踏進那個滿是精密儀器的空間，撞入眼簾的畫面卻讓他眉頭一揚。疑似司機的男人昏倒在座位旁，副駕駛座上的人也不醒人事，兩眼翻白。

似乎沒有危及到生命，只是受到些小小的驚嚇而昏厥過去。

「我曾經在書上看過駕駛火車的方法，雖然沒有真正操作過，但理論上應該是沒問題的。」魔王鎮定地表示，眸光認真。

「雖然我很想相信你，但理論跟實際操作是不能混為一談的啦！」不知何時跟在羅亞身後的同學A緊張地開口。

羅亞彷彿什麼也沒聽見，專注地研究起控制面板，不時點點頭，嘴裡咕噥著什麼，一副大有心得的樣子。

「喔喔，這邊要這樣，那邊要那樣。」

他看著面板上的指示，數字與數字的縱橫交錯，各式量表宛如在與時間拉扯，游移不止。雖然沒看出什麼所以然，但羅亞決定放手一搏，嘗試按了幾個鈕。火車還是什麼反應都沒有，依然死氣沉沉地待在原地。

奇怪，是哪裡出了差錯？

羅亞思考著，雙手不經意地撐在操控面板上，一不小心誤觸到某個按鍵，面板居然奇蹟似地啟動了。霓虹的亮光如漣漪般擴散，瞬間點燃了整片面板，片刻後，火車像是甦醒的巨獸，發出低沉的吼叫聲。

羅亞得意地嘴角微翹。儘管一開始沒抱太大的希望，如今看來，自己儼然就是開火車的天才。

「這真的沒問題嗎？」說不上來為什麼，但夏洛特就是有種不好的預感。

意外挖掘到一項新技能，魔王心下竊喜。若是瑟那在場，定會無情地吐槽魔王只是瞎貓堪堪碰上死耗子。不過那名嘴上不留情的管家恰巧沒能目睹這幕，於是少年任憑自己沉浸在興奮的情緒中。

「好，那就出發吧。目的地是那個勇者那個什麼的學校。」揚聲發號施令，羅亞手一握，猛力拉下推桿。

火車開始緩緩前進，緊接著，羅亞更使勁地將操縱桿推到中間。火車的速度明顯加快，窗外的風景也變成一片快速向後移動的模糊景象。一節節車廂迅速吞噬平鋪直行的軌道，車體終於不再搖晃得厲害，總算能保持平穩的速度了。

「那個，羅、羅亞⋯⋯」

這時，夏洛特緊張遲疑的聲音突然從一旁傳來。

「怎樣，速度還要再加快？」羅亞不耐地回道，只顧著手邊的作業，看都沒看同學A一眼。

「後面⋯⋯」夏洛特刻意壓低音量，語意不明地想透露某種警告。

羅亞的耐心被磨盡，煩躁地回過頭，卻看到他此生再也不想看到的東西。

「嘿嘿。」

駕駛室內響起一道相當猥瑣的笑聲，原來是不知何時已恢復意識的變態首領。不，打從一開始他就沒有真正昏厥，只是等待下手的時機。

與此同時，剛剛將所有人質遣回各自包廂的瑟那，聽到些微動靜，正準備前往駕駛室一探究竟，周圍的氣氛卻突然一變。管家回過頭，眼神凜然，前一秒還癱倒在地的盜賊團成員紛紛站起身來，動作卻有些怪異，有一種極度不流暢的生硬感，像是被什麼人操控著。

瑟那畢竟是活了上百年的魔族，什麼稀奇古怪的事都見過了，眼前的狀況雖是頭一回碰上，但不難想像原因。

「竟然是傀儡術。」

第三章

驚濤駭浪的上學行

一把溢滿殺氣的金屬兵刃抵在同學A纖細的脖子上，變態首領昂然挺立在駕駛室內。

「哈！你們以為我被擊倒了嗎？我是等待時機扳回一城！」他大聲替自己辯解，過度激烈的手勢導致全身的肥肉上下抖動個不停。

同學A的頸部不小心被劃傷，滲出一滴血珠。然而這番耍狠的舉動，看起來就像反串的搞笑藝人般笨拙，簡直是讓人不忍直視。

如此老哏的劇情，魔王忍不住翻了白眼。

「那你等到絕佳時機了嗎？」羅亞只是淡淡地詢問，雙目盡量避開那些圈在肚子上的肥肉。

「閉嘴！」沒想到，變態首領反而被羅亞的悠然自得給激怒了，振聲咆哮，「談不談判是我說了算！這裡沒有你說話的餘地！再過來，我就宰了這小子！」

「我什麼都還沒有說耶。」羅亞絲毫不緊張，不只如此，壓根就沒有解救人質的打算。

「臭小鬼，惹惱我的人通常沒有什麼好下場！想必你早就做好覺悟了吧！」首領的火氣一下子飆升，揪住夏洛特的手使勁往旁一推。既然人質起不到威脅的作用，他索性果斷放棄。

夏洛特的頭結結實實地撞上牆，脆弱的腦袋不敵車壁的物理攻擊，眼前一黑便失去意識。人滑落在地，頭上還腫了一個雞蛋大小的包。

「你是認真的嗎？你最好看清楚，我是不是你眼中的小鬼。」魔王微微側過身，絕美的容顏罩上了一層寒冰，冷冽的殺意頓時充斥整個車廂。羅亞自認自己不是什麼小鬼，雖然某人堅稱他是，但在沒得到他本人同意之前，他就不是。

「你……」手臂上的汗毛像是感應到未知的危險，紛紛豎立起來。雞皮疙瘩爬滿全身的首領，依然硬著頭皮，繼續扮演著盜賊團首領的角色。「你最好別輕舉妄動，你該不會以為我什麼都不會做吧？我會殺了你，然後將你的屍首吊在火車車頭上，讓世人見證我們黑鴉的——」

「既然你說的都是些廢話，而我也沒有一定要聽的理由，現在可以滾了嗎？」

「你——」首領實在氣不過，在怒火攻心之下，憤然地舉步衝上前。

「喂，別過來，沒看到我正在開火車嗎？」

「火車？」變態首領的揮砍動作凝滯在半空，因為他看到了更加不可置信的事情。下一秒，驚悚的吶喊聲在封閉的空間內響起。「你這哪是在開火車?!注意看啊，你的手，手、手！」

羅亞原本不怎麼想搭理，但實在忍受不了對方的吵鬧，循聲低下目光。

「嗯？這是什麼玩意？」握於手中的硬物呈圓柱形，看起來似乎是某個地方的把手，就是不知道來源出自何處，相當可疑。

「你是真不明白還是刻意裝傻，你口中的這玩意原本好端端地裝在控制面板上，結果卻被你折下來了，看看你幹了什麼好事！火車這下要失控啦！」

大難臨頭，首領忽然善心大發，決定好心提醒少年這個殘酷的事實。

不料，羅亞只是面色平靜地喔了聲，隨意將手中已成為廢棄物的零件往後一扔，攤手。「所以，我們要死了嗎？」

「要死你自己去死，天呀，為什麼我會選上這列奪命列車啊！」首領想戰的心情頓時消弭殆盡，陷入了歇斯底里。他又哭又喊，殊不知這樣看起來更惹人生厭。

「如果你現在跳下去的話，也許還來得及。」羅亞推開駕駛室側面的門，外頭的風景迅速往後移，狂風瞬間灌滿整個車廂。首領趕緊縮得遠遠的，深怕被狂暴的氣流捲下軌道。

「跳下去才真的會斃命好不好！」

「對我來說，現在死跟十分鐘後死沒有什麼分別。」魔王一臉惋惜地緩緩拉上門，徹底隔絕外面的原野風光。

「少說這麼不吉利的話！」

不安的躁動在空氣中迅速蔓延，雖然嚴格來說，只有呼天搶地的首領一人陷入驚慌失措，魔王從頭到尾都維持著鎮定的表情。若說像往常一般淡定，其實也有那麼點不同，仔細看便能發現少年略為撇下的嘴角，彷彿隱隱地感到不安。

此時，通往隔壁車廂的門被人拉開，瑟那探頭進來。

「少爺，您這邊如何了？」瑟那像是沒注意到首領的存在，一雙鷹眼緊盯著羅亞，似乎是想確認對方的安危。

「瑟那卿，你來得也太慢了吧。」羅亞對於瑟那的姍姍來遲相當不滿。「以前從來沒有發生過類似的事，我不希望還有下一次。」

「抱歉，剛才花了一點時間。」彎腰致歉，瑟那的聲調中卻沒有一絲歉意，態度過於淡然。「我沒想過那群盜賊會那麼快恢復意識，這次我保證會讓他們躺久一點！」

羅亞長嘆一口氣，彷彿教訓屢次犯錯卻怎麼講都講不聽的孩子、最後感到失望透頂的長輩。

「那麼，敢問現在是什麼狀況？」瑟那依然面不改色地提出問題，環視偌大的駕駛室。

同學A倒在地上不省人事，手持刀刃的中年男子則一副做錯事的心虛表情，而魔王陛下的臉上掛著「不要問我，再問我就扁人」的欠揍表情。

瑟那大致上能猜出眼前的情況，而且絕對不會是什麼好事。魔王陛下到底什麼時候才不會一天到晚惹麻煩呢。

首領無法接受自己同伴遭到毒手的惡耗，一時間做不出任何反應，只好硬著頭皮繼續肆無忌憚地叫囂：「我們可不是一般的盜賊團，而是鼎鼎有名的黑鴉！今天只能算你們運氣好，下次可就沒那麼好運了！」

「的確不是一般的盜賊團，你們的祕密果然也是挺與眾不同的。」瑟那挑眉，淡然地轉頭注視早已嚇得四肢發軟的首領。

名為黑鴉的盜賊團，似乎除了首領本人，其他人都被傀儡之術操控著，無論打倒多少次，總是能不痛不癢地起身迎戰。無可奈何之下，瑟那只能對他們施毒。

「什、什麼？」首領瞬間明白他的意有所指，嚇了一跳。

「嗯？什麼祕密，我也想知道。」羅亞有種被人排除在外的感受，一股不服輸的情緒在內心滋長。

「火車失控了？」瑟那露出詫異的表情，完全沒將魔王的話放在心上。

「這是意外。」羅亞癱著一張臉，避重就輕地說。

「依屬下看，少爺的人生絕對不只是場美麗的意外。」

火車持續加速中，急速拐過一個又一個彎道，險象環生。行經許多山洞，駛過原野，大自然的景色在分秒間千變萬化，宛如絢爛的煙花。

實際狀況卻不容許魔王細細欣賞在眨眼間綻放的美好，火車終於耐不住不尋常的高速行駛，逐漸與軌道分離，彷彿不受控的脫韁野馬。

「想辦法讓火車停下來，瑟那卿。」魔王理所當然地支使自家管家替自己收拾爛攤子。

「我看現在……」將投向遠方的視線收回，瑟那的臉上首次出現為難的神色，「似乎也只能聽天由命了。」

「號稱全能的管家竟然也有不管用的一天，還說出這種喪氣話，真的很難看呢，瑟那卿。」羅亞轉身看向迅速往後吞噬的景色，瞳孔緊縮成針狀，心臟微顫。

先是被困在沼澤區，接著又是斷崖嗎？

火車拖著笨重的車廂，卻高速地一路衝上峰頂。在遠處的峰頂盡頭，地面突然轉變為垂直的斷層面，顯現上蒼的鬼斧神工。若以正常行駛的狀態而言，他們應該會順著鐵軌轉彎避開，然而在高速導致脫軌後，卻直直朝致命斷崖前進。

「啊，對了。」瑟那用閒聊般的語氣開口，似乎完全不在意眼前的危機，「聽說勇者學院在大門口安裝了能夠自動辨識種族的儀器，只要被偵測出身上帶有一點黯黑屬性，就會啟動攻擊，然後喀擦！」手順勢摸上脖頸，往旁一劃。

「……你為什麼不早點說。」羅亞看起來頗為冷靜，但由於他本來就是面癱加死魚眼，即使五官幾乎沒什麼變化，內心卻已經在向已逝的老爹喊話，叫他老人家在地獄預留一個位置給他。

狂風大作，從山谷升起的疾風拍擊著各節車廂，在這令人呼吸一窒的幾秒間，火車高高地拔地而起，俯視天際。待到推進火車車廂的衝擊力逐漸減緩，一點一點地流失，再以同樣的高速往下墜去，像是忽然失去羽翼的鳥兒，重懷大地的環抱。

刺眼的陽光從車窗折射入內的角度稍稍變換，魔王的視線一低，渾身一震，腹部湧現的是由高處往低墜落的急速感，差點跌個四腳朝天。等在正前方的，赫然是鼎鼎有名的微風草原——

正確來說，是微風草原的魔獸，以草原為主要棲息地，經常成群結隊行動，體型大到不可思議的一種鳥類魔獸，托托巨嘴鳥，簡稱托托。

牠們的個性內向，很容易受到驚嚇，一點風吹草動就足以讓牠們激起體內沉伏已久的殘暴本性。總之，是在草原上沒人想招惹的魔獸之一。

「多謝你那有如百科全書的精闢註解喔。」羅亞掏了掏耳朵，語氣平板地回應。

「不會，我只不過是在主人提出要求前，先一步進行解說而已。」雙手交握，瑟那擺出完美的微笑以及儀態，身子站得直挺挺的，絲毫未受外界影響。

「現在是說這些的時候嗎？身為我的管家，應該要好好替主人處理接踵而至的麻煩吧。」

「處理托托並不在我的工作範圍內。」瑟那只是去了一記輕蔑的眼神過去，「請您事先做好必死的決心。」

「在我的人生跑馬燈閃過之前，我會先讓你先走一步的，可惡！」

頭腦根本來不及接續思考，急速下墜的火車像是撞上什麼物體，車頭一歪，劇烈顛簸了一下。下墜的速度似乎減緩……然後停止了？

「得救了？」在車內被攪得一片混亂中，有人發出細微的詢問聲，是方才還哭得像個孩子的變態首領，心底瞬間湧現逃出生天的希望。為了確認現狀，首領連忙將頭湊向窗戶，結果才看第一眼，他就驚得倒退三大步。這種情況不是更糟糕了嗎！

一道巨大的黑影將火車整個籠罩在牠的陰影之下，正確來說是牠們。火車四周環繞著數不清的鳥類魔獸，每一隻都有數十公尺高，相較之下，火車對托托們而言有如玩具般微不足道，人類更是渺小，不值得一提！

方才那一撞，似乎正巧壓上空中某隻托托的巨大背部。衝擊力雖不大，火車的重量卻讓那隻托托摔落草原，成為了緩衝的墊背。其他托托見狀，趕緊飛來關心同伴的狀況，然後不約而同地猛然回頭，沉聲的怒吼響徹天空，頓時顯現牠們殘暴的本性，誓言要替同伴討回公道。

「情況看樣子有點不妙，我們明明什麼都還沒做啊？現在的托托未免也太心浮氣躁了。」羅亞的目光一抬，嫌棄地開口。

「不如……」瑟那順了順胸中那股凝滯的氣，沉靜地說：「就當作是種試煉吧。或許也可以視作某種長途旅行，只怕目的地是您不會想見的地方，例如地獄。」不知為何，瑟那的語氣染上了一絲愉悅。

「……真虧你還能如此心平氣和地講這些鬼話，我是否還要向你道聲謝呢？」聽到下屬如此大逆不道的發言，魔王轉過身，即便深呼吸無數次，仍然平息不了怒氣。

「不客氣。」瑟那欣然接受對方的謝意。

魔王正準備開口怒罵，接下來的事態發展卻讓人猝不及防。驀地，一種奇怪的響聲響起，車頭堅硬的外殼應聲凹陷，數隻托托將爪子深深嵌入，張開羽翼，輕鬆舉起火車竄入天際。其餘托托也一一起飛，形成一隊素質良好的護衛。

若是對托托了解得不夠透徹的話，可能會對牠們莫名的舉動感到困惑。實際上，原因很單純，他們被當成是某種食物了。

托托們的消化系統很差，難以消化的食物常常害牠們食欲不振。為了化解這種情況，牠們在捕食看似難以消化的獵物時，都會特地飛到距離微風草原往南一段距離的鬼谷。那裡終年蒸氣瀰漫，空氣裡透著股硫磺味，谷底湖泊的沸點破百，相當適合拿來將食物煮得軟爛好入口。

「說到鬼谷就想到那個吧，拿來吧瑟那卿。」魔王伸出一掌，攤平朝上。

「是，我明白了。」平常總是會視情況拒絕主人的不稱職管家，畢恭畢敬地將東西拿來放在其掌上。

「嗯？為什麼是香蕉？」縮手一看，羅亞無言地望著某根彎曲的黃色物體。

「如果要我將少爺您的整套藏書拿來也不是不可以，但可能要花上一點時間，不過身為——」

「停停停，好，我知道了，其實是什麼都可以。」羅亞急忙打斷管家的話，

「反正我的目的達到了。」

話聲甫落，羅亞邁出堅定的腳步走上前推開車窗玻璃，伸長了脖子探頭俯瞰下方的景色。底下是層層疊起的山巒，從羅亞的角度可看到山巒與山巒間的茂密的樹林，一片繁榮生機的景象讓魔王滿意地唇角輕勾。

順順被風吹亂的髮，他不畏強風東張西望著，就見火車依然被舉至同等的高度，托托們一下一下撲打著豐厚的羽翼，毅力不搖地朝著目的地前進。

彷彿倒數著秒數，而後魔王二話不說地將一條飽滿的香蕉朝底下的黝黑森林扔去，彷彿在餵魚吃餌食。

沒辜負這番心意太久，香蕉隨即引發了動靜。蟄伏在林中暗影間的某條生物注意到了從天空墜下的餌食，幾乎立刻便上鉤了，拖著笨重的身軀張口咬下，噴出的渾濁鼻息像火星般點燃了附近的林地。

瑟那的內心再度湧現不好的預感，他默默轉身，從開啟的門口溜出去。

另一道巨大的羽翼拍擊聲猛然響起，塵土瀰漫間，有隻怪物般的猛獸朝著火車的方向趨近。是賁火牛，雜食類，什麼都吃，食量大得驚人，瘦骨嶙峋、覆著翼膜的翅膀帶著巨大的牛形粗壯身軀，猛然撞向火車。托托們這才驚覺有敵人來襲，立刻驚慌失措地亂了隊形。

賁火牛的個性和善，但缺點就是愛吃成性。現在牠的獵物儼然就是肥美碩大的托托們，不達目的誓不罷休。托托們遇上巨大的敵人來襲，哪裡還顧得上爪中的點心，拋下多餘的重量後隨即逃之夭夭，後面還跟著邊發出哞音邊追趕的賁火牛。

熟悉的下墜感再度來襲，雖然魔王本想達到的效果是盡量以溫和點的方式收場，但就目前的情況而言，也只能勉強接受囉。

「瑟那?喂?人呢?」

「是的，我在這裡。」不知何時，瑟那悄然無息地回到魔王的身後，當個稱職的背後靈。

「你剛剛跑去哪了？」

「您說的是什麼話，我一直都在這裡啊。看來少爺您近視的程度比想像中嚴重呢。」

瑟那依然維持一貫的彬彬有禮。

就在主僕二人沒事就愛鬥嘴的幾秒間，高速墜落的火車便砸進樹林中，不知怎麼地，直接順著林間小徑硬是往前行駛，一路掃過兩旁岔出的枝葉，萬分艱辛地沿路橫衝直撞。

雖然危機看似是解除了，但火車依然沒有停下的打算。

於此同時，火車忽然劇烈地顛簸起來，持續了好一陣子，可以感覺到車體都在大幅度地晃動，像是方才行經過坑坑巴巴的路面。往車窗外瞧去，只能看見一成不變的林中景色，接著竟然突然向下傾斜，魔王趕緊靠著車壁站著，才真的沒摔個四腳朝天。但火車速度逐漸攀升，挾帶著雷霆萬鈞之勢一路俯衝，山路的盡頭末端正好鄰近建築群。

連一向淡定的魔王也把持不住自己，胸口急促起伏，繃緊身軀，同時穩住重心，瞳孔仍然不自主地收縮，眼角餘光勉強掃向依然站得筆直的男人。

山腳下正好矗立一整片富麗磅礴且美輪美奐的建物，而且那座大門是如此地熟悉。

「恭喜少爺，沒想到能在那麼短的時間抵達學院呢！」瑟那誠摯地鼓起掌來，恭賀自家的少爺今天依然是如此好狗運。

羅亞忍不住白了他的管家一眼，「雖然很快抵達學院這點也出乎我的意料，但現在的重點是，要怎麼把火車停下來。」

為了下半輩子能度過愉快的死魚生活，魔王每一分鐘都在為這不起眼的夢想奮鬥著。

看著建築物分秒間逼近，校門也突然近在眼前，羅亞忍不住緊閉雙眼，等著脖子傳來的強烈痛楚。

同一時刻，火車頭連接著一整排車廂，像一條蜿蜒的大蛇，卯足了勁地撞進校門口。巨大的聲響加上揚起的塵埃，宛如在拍什麼災難片，如此驚心動魄的場景令不少早一步到校的師生都瞠大雙眼，傻了。

這列失控的火車還將某棟教學大樓撞出了一個大洞，才停止猛烈的來勢。幸好火車足夠堅固、這一路衝撞也無人傷亡，算是不幸中的大幸。

至於，毀損校園的維修費該找誰賠償，那是之後才需討論的事情。

「我竟然還活著。」摸著脖子與頭顱的連接處，發現竟然沒有分離，羅亞一時感動得難以言喻。

原來，活著是這麼美好的事情。

夏洛特也在這時慢慢醒轉，一副睡眼惺忪的樣子，揉了揉眼，完全搞不懂現在是什麼情況。

「終於撿回一命了！」首領餘悸猶存地抬起頭，等認出這裡是哪裡時，不免又是一愣，然後一句髒話就這麼自然脫口而出。「靠！真是見鬼了，竟然跑到我最不想來的地方，媽的！」

勇者學院不只是對魔王具有威脅，平時也會抓一般的盜賊作為業績。所以對盜賊們來說，勇者也同樣是天敵般的存在。

「少爺。」瑟那充滿警戒的嗓音喚回正處在人生真美好的感嘆中的魔王，「有人來了！」

出了這麼大騷動，不僅把校門的檢測儀器撞壞，還搞得校園裡滿目瘡痍，沒有人出面關切才奇怪呢。

首領當然也看到了，抱持著不節外生枝的想法，他打算趁隙逃跑，臨走前落下一句狠話：「小子，我們之間的帳以後再算！下次見面時，我會統統討回來！你給我洗好脖子等著！」語畢，立即起身拔腿衝出駕駛室，順道叫醒昏迷的盜賊團成員，「喂，你們還要睡到何時！準備閃人啦！」

「老大，我們不正是被勇者雇——」某位盜賊在迷迷糊糊下，差點不小心說漏了嘴。

「閉嘴！」首領狠狠地瞪了他一眼，「萬一被人知道我們是被那人雇來大鬧火車，拖延新生入學的話，可就糟糕了！」渾然不覺自己已經將始末說出了一半。

「老大，你剛剛說了……」

「有人來了，快給我滾下車，否則我就要你們吃不完兜著走！」首領率先跳出火車外。

盜賊團的成員們紛紛起身，七手八腳地爬下火車，片刻後對話聲逐漸遠去，估計是都下了火車。趁著眾人暫時把注意力放在斜斜傾倒的火車和陸續下車的乘客身上，首領帶著一票弟兄順利逃到校外。

羅亞原本想叫瑟那出手阻擋，話尚未出口，就被突然闖入的人影打斷。他有點生氣地看向來者，那人恰巧站在背光的位置，看不清面容，直到對方撲向坐在地上一臉茫然的夏洛特，這才暴露了他的身分。

「少爺，您沒事吧！有沒有哪裡受傷了？」

是琉江。只見他哭得一把鼻涕一把淚，活像主人剛剛壯烈犧牲了，而不是坐在這裡細聲安撫，要他不用太擔心。

「除了頭上的這個包，一切都沒事啦！」同學A的額頭上多了一個讓人無法忽視的大腫包。

「到底是誰弄的！我絕對要將犯人大卸八塊！親自送他下地獄！」琉江眼中瞬即燃起兩簇憤怒的火苗，誓言要把凶手揪出。

夏洛特不在意地擺擺手，顯然比起自己的安危，他更加重視琉江。

琉江在稍微冷靜過後，才緩緩道出：「我發現盜賊團用來搭載貨物的小船，決定先一步到學院求救，畢竟匪徒之事還是交由勇者處理較為妥當。校長已經答應會派人協助，沒想到才剛要啟程，火車就——」

「走吧，」羅亞忽然開口，轉身跨向車門，「照這不妙的情況看來，我們最好在有人來索討賠償費之前，盡速撤離。」

「少爺說得沒錯。」瑟那立即附和道，手中出現不知何時拿來的行李，不慌不忙地跟上自家主子的腳步。

「啊，羅亞，等等我！」

夏洛特原本還在慢條斯理地整理儀容，見到羅亞漸行漸遠的背影，趕緊吩咐琉江去拿行李，自己快步跟了上去，深怕分別後再也見不到對方了。

大廳內，他們混進同樣來報到的人潮之中。眾多新生將有限的空間擠得水洩不通，他們是志向相同的伙伴，卻也是彼此的競爭者。

同學A個子不高，聲音又很容易被其他人製造的雜音掩蓋，只能加快腳步，努力提高音調喚著在前頭越走越遠的羅亞，要他等等自己。

羅亞似乎沒聽見呼喊，夏洛特只好勉力上前、緊緊抓住羅亞的手臂，直白且大膽地提出要求：「羅亞，我們以後還能再見面嗎？」

「為什麼還想見我？」這是頭一回有人對他說這種話，魔王的內心不禁生起了防備。但是對方的笑容是那麼地真誠，不像是對他別有所圖的樣子……

羅亞壓下胸口的異樣感，繃緊了整張臉。

「因為我們是朋友啊。」夏洛特偏頭思索片刻後，不假思索地說道，「何況，我不是承諾會答應你提出的一項要求嗎？不管那會是什麼樣的請求，要是無法見面了，約定也就失效了吧？我不想要那樣，所以無論如何都必須見面才行。」

「……只要你沒死的話。」靜默半晌後，魔王才扭捏地吐出這句，表情僵硬。

「嗯，我會努力不要死掉的！」夏洛特聞言，漾起一抹清澈的笑容，讓一旁有幸目睹的路人覺得根本是天使降臨！

「……是嗎？你就好好努力吧。」

冷冷拋下一句，羅亞隨即掛上事不關己的懶散神情，腳跟一轉便隨著瑟那前進。不僅不願意再跟夏洛特多講一句話，還刻意擺出高傲的姿態。

愣愣看著羅亞瀟灑離去的背影，夏洛特舉起一手，用力地朝好友的方向揮了揮。

「少爺？」琉江一臉擔憂地望向夏洛特。怎麼覺得少爺自火車下來後，給人的感覺格外不同了。沒到判若兩人的地步，但就是今非昔比。

「琉江啊，你不覺得羅亞很帥氣嗎？如果有朝一日能成為像他那樣的人就好了，不知道現在努力還來不來得及呢？」陽光的俊臉上滿是仰慕之心，捂著心口的夏洛特突然有感而發。

然而，琉江卻聽得直冒冷汗，手中的行李也不知何時「咚」一聲落在地板上。

「琉江？」不明所以地回望，夏洛特試圖喚醒顯然石化了的執事，「你沒事吧？再不報到的話就要遲到了，快點走吧！」

等自家少爺的腳步走到一定距離外，琉江才緩緩回過神，急忙提起落下的行李跟上，向來溫文爾雅的臉上此時顯得有些侷促不安。

「少爺，等等我啊！請您千萬不要變成像羅亞少爺那樣的人，要變就以我為目標吧，少爺您聽到沒有！」驚慌的嗓音從後頭急急橫插進來。

「才不要！琉江你好奇怪啊！」夏洛特輕笑著回應。

——奇怪的人是您吧，少爺！

琉江生平第一次覺得背負著教育少爺的責任是如此的重大，一失足就有可能成千古恨啊！

怠惰な魔王の転職条件

第四章

轟轟烈烈的分班測驗，啟動！

How to Change Career from Demon King to Hero

勇者專門培訓全體寄宿制諾藍學院的建築風格古典又高雅，目光所及的一切猶如奢華的宮殿，建築本身宛如藝術品般令人目眩神迷，彷彿錯身於不同的世界。

學院內共分為六個年級，各年級間又再細分為五個班級，依據入學測驗的結果來決定所處的班級。每一年的入學測驗其實都大同小異，只是會在細節上做一點小變化，完全是看導師們的心情而定。

例如今年的內容，導師們就打算跟隨自己向來不怎麼堅定的意志，來個超級大亂鬥！

校園內的每棟大樓都依年級清楚地劃分活動區域，例如在羅亞面前的某棟白色建築，是一年級的教學大樓，裡面所有設施都只供一年級使用。主要是為了節省時間，也是為了避免更換上課教室而耗費太多不必要的精力。

身為路痴的魔王原以為自己會先落入迷路的窘境，而後因為趕不上新生分班測驗，然後淪落到只能回家吃自己，從此……這時候，他看到不遠處有道以鮮豔花朵點綴的拱門，門下一左一右站著兩個人，看起來像是學長姐的樣子，並且發給經過的新生們每人一樣物品。幾乎所有新生都朝那個方向前進，羅亞也無所謂地隨著人流排進長長的隊伍中，感覺像是進行什麼事前儀式，領取了某樣東西後踏入拱門後方。

羅亞張開方才被人塞入什麼東西的掌心，那是一朵盛開的玫瑰，再仔細檢視後，他發現玫瑰背面附著別針。魔王猜想，這應該是要別到自身上的某個部位，看了看周遭的人，他也將玫瑰別到左胸上。

偌大遼闊的校園內突然響起渾厚的鐘響，似是在催促晚到一步的學生加緊腳步步伐。眾人的目的地很明確，前方能看見一座禮堂，依照入學導覽手冊的優先事項，學生都應該先去那裡集合報到，以便進行後續的分班測驗。

至於其餘跟瑟那一樣前來陪同入學的家僕們，則是提著行李到分配好的學生宿舍等候自家主子的歸來。

「唉，果然今年又是那個。」此時，走在前頭髮型新潮的雞冠男試著向身旁的同伴搭話。

「啊啊，你是說那個啊！」經朋友這麼一提，那人似乎也想起了什麼，

「新生入學的傳統，沒錯吧！」

「對！就是那個！」雞冠男點頭如搗蒜，點得可起勁了。「那個校長也真夠厲害，每年都辦一次，而且每次都勞師動眾的，規模是一次比一次壯觀，不嫌累嗎？」

「但是，聽說今年稍微改變了遊戲規則。」

雞冠男萬分震驚，表示完全沒聽說這項消息。

「不過依那位校長的個性，肯定不會是什麼好事！」朋友只是聳了聳肩，語氣無奈，彷彿比誰要還了解校長的本性，並且曾經親身體驗過一回。

「認同。」雞冠男也沉重地附和，似乎感同身受。

兩人不過是今年才報到的新生，倒像是聽說了不少本校的流言。或許就是想見識傳言的威力，才促使他們報考本屆的招生吧。

對話到此結束，這時也差不多快到禮堂了，誰都沒閒暇時間聊天，只想專注在接下來的「活動」上。

偌大的禮堂內早已擠滿等候多時的新生，大家隨意地站著，或聊天、或嬉笑，鬧哄哄的一片。

然而，現場竟然見不到任何一位老師來維持秩序，聊天的音量逐漸攀高，大家的情緒也沸騰到了極點，情況開始步向失控邊緣。

一進到涼爽的室內，羅亞就見裡面一半以上的座位都被來自各方的形形色色學生坐滿。甚至也有比羅亞更加搶眼的存在，硬是把魔王那顆粉紅頭給比了下去。

羅亞隨意找個前排的位置坐下，視野頗佳，動線也良好。從來沒上學過的魔王，多半在家自修，混水摸魚地度過了悠閒慵懶的百年時光，所以看到其他的學生不免感到格外新鮮。在導師還沒來的空檔，大家也都把握了機會，努力認識新朋友。

然而，不知道是不是因為他面無表情、看起來目中無人的高傲模樣，沒有人來向羅亞搭話。

魔王也落得輕鬆，反正他來這裡也不是為了要交朋友。與其他人不同，他越低調越能隱藏其身為異類的氣息，唯有如此才不會暴露出真實身分。羅亞跑來勇者學院就讀，簡直就跟深入敵營一樣危險。

可是這種危險，卻讓魔王覺得十分具有趣，他暫時還不討厭這種令人微微顫慄的挑戰。

才這麼想完，坐在羅亞後面的同學，非常不識相地輕輕戳了戳他的肩膀。

「前面的同學。」略為傲慢的呼喚聲同時從身後傳來。

要借筆？不管借什麼都免談。羅亞挺直背脊，絲毫不受干擾。

後面的同學以為羅亞沒聽見，音量不由得提高了些。「喂，我在跟你說話呢！沒聽到嗎？」語氣包含著怒意，同時加重手指的力道。

依然文風不動。

後面那位同學怒了，使勁全力猛戳，直戳橫戳斜著戳，樣樣都來，就是不達目的誓不罷休，都快把羅亞的肩膀戳出蜂窩來了。

在對方戳到快一百下時，羅亞終於忍無可忍，回頭怒瞪。

對方看到羅亞終於回過頭來，反而鬆了好大一口氣，拍了拍胸口。「喔，原來你聽得見啊，我還以為你是聾子呢，既然不是，為什麼不理我？」

「……」

或許是魔王的表情過於不耐煩，這眼前的少女直接進入的重點，開門見山地詢問：「你可以幫我一個忙嗎？」

「什麼忙？」魔王本不想輕易答應人，但若是能盡快擺脫煩人的同學，那麼他或許應該聽聽看對方的請求。

「幫我打開。」話聲甫落，女孩隨即拿出一瓶不起眼的水瓶，趾高氣昂地遞至他的眼前。

魔王心存疑惑但還是伸手接下。只是這麼簡單的動作，他就勉為其難地妥協吧。不過羅亞畢竟錯估了自己本身，當第一次扭轉瓶蓋，依然文風不動時，他就隱約感覺到事情的走向可能不是他想要的，之後的第二次、第三次……都未能成功。

羅亞終於震驚地領悟到一個事實，「我打不開。」

「開什麼玩笑啊……」女孩難以置信地接回水瓶，順手作出扭動瓶蓋的動作，不同的是，瓶蓋輕而易舉地就轉開了。「瞧，這麼簡單的事而你竟然無法做到，身為男性的你就應該要有勇猛的本事外加持久力才對啊！」

雖然魔王不確定女孩到底想說什麼，但這讓他想起了一件事，一定是他沒有好好吃飯的緣故。只怪他從上火車的那刻起，就滴水未沾，一定是這個原因，跟他持不持久一點關係都沒有。

此時一股怒氣湧上，魔王不悅地質問：「既然妳可以自己打開，為什麼要將這種麻煩事丟給別人？」還讓他出糗，實在是不可饒恕。

「本皇女是何其高貴的存在，這點小事交給旁人去處理就好了。」

「但妳自己不是做得到？」

「如果有旁人願意替自己服務，那為何還要放棄自身的權利？」女孩滿臉莫名其妙，神情不含絲毫惡意，彷彿她是真心這麼認為的。

「……隨妳便。」不知為何，羅亞在對方身上清楚找到某人的既視感。他打死都不會承認那人就是自己。

這時魔王才準備好好打量一下這位不請自來的同學，赫然發現，坐在自己正後方的白目同學是一位相貌甜美的女孩，一雙明媚的大眼靈動地眨著，小麥膚色上綴有幾顆雀斑，笑起來不時露出兩顆小虎牙，給人一種稚氣未脫的印象。頭上的不名凸起物，還會隨著情緒的波動時不時的抖動。

「妳頭上有髒東西，竟然還敢這樣來上學，真是不知羞恥。」

羅亞不假思索地伸手捏住那毛茸茸的不明凸起物，在女孩還來不及反應時，猛力一扯。結果異物不但扯不動，還伴隨著驚天動地的尖叫，差點廢了魔王的雙耳，導致暫時失去應有的效能。

「你要幹什——幹！」

女孩的整張小臉痛得皺起來，不自覺爆出粗口，一把將羅亞不安分的手甩開。她含著淚可憐兮兮地摸著頭上的凸起物，深怕被扯壞了，寶貝地抬手護著，不讓它再受敵人侵犯。

「好奇怪，怎麼拿不下來？」羅亞滿臉困惑，伸展十指活動活動。很好，功能一切如常，但怎麼會拔不下來？而且觸感怪噁心的，回憶起方才的情況，魔王的眉頭皺了皺。

「廢話！如果你的耳朵拿得下來的話就給本皇女試試看啊！」女孩的火氣可不小。

「耳朵？」

「……你的智商是不是出了什麼問題，怎麼可能不知道我們獸人族的特徵？」說到此處，女孩不免用關愛的眼神上下掃視眼前顯然腦子不是普通有問題的同學。

經人這麼一提，羅亞倒是想起了曾經讀過的文獻。上面記載著，獸人族大多生活在擁有暖陽的南方大陸上，與生俱來的野性和一身怪物般的蠻力是他們最強的武器。生活型態以打獵為生，貿易為輔，而且獵物還都是市場上難得一見的稀有猛獸，常吸引來自各地的商人出高價跟他們交易。所以，獸人族幾乎不需要為錢煩惱，是個能倚靠自身實力賺大錢的暴發戶。

「麻煩死了，誰像你們獸人族都那麼好戰，哪邊涼快就滾哪邊去好嗎。」墨眸不耐地瞇起，毫不掩飾地打了個呵欠，右手有氣無力地朝空中甩了甩，示意她沒事滾遠點。

「你這個目中無人的傢伙！聽好，本皇女是菲莉蕬，你最好給我記住了！」無視魔王有意無意地嘲諷，菲莉蕬挺起胸膛揚聲宣告，隨後又問：「那你的名字呢？」

羅亞側頭思索，謹慎地說道：「我叫羅亞。」為了避免節外生枝，魔王這回決定不要告知對方自己的全名。

「就這樣？沒有家族名？」菲莉蘇直問。

「沒有。」率性地晃了晃頭，羅亞回道：「而且，妳自己不也只說名字嗎。」

「我們獸人族從不拘泥於這種小事！」

羅亞第一次有種想毆打雌性生物的衝動。

「妳剛剛的自稱，說明了妳是獸人族的皇女。皇女為什麼要跑來當勇者，是吃飽太閒嗎？」魔王完全沒想到他也是自己口中吃飽撐著的閒人。

菲莉蘇沒好氣地翻了個白眼，好似他的問題簡直愚蠢至極，手撥了撥垂放在肩頭上的單邊馬尾。「在這裡的各位，當勇者的原因各異，你以為禮堂上的這些人都是純粹抱著拯救世界的偉大抱負才前來就讀的嗎？」

「難道，不是嗎？」魔王微愣，他一直以來，以為勇者就跟魔王一樣，後者是以破壞為矢志的話，那麼，救人於水火之中就是前者的唯一職志。

「別傻了，」菲莉蘇高傲地雙手抱胸，即便本人的氣焰及態度都有些自傲，頭頂上不時抖動兩下的毛絨大耳，卻讓眼前的獸人族皇女看起來更加可愛，「只要通過考核，順利拿到每年王國發下來的勇者證照，除了每個月有穩定收入之外，即便是退休，也能拿到一筆可觀數字的養老津貼。可別提擁有此證照者能自由往來通行各大陸，到各地也都是優先禮遇的對象。這麼方便的東西，人人都想弄一張，別說你從未有過此念頭。」

除了錢的部分之外，還真的是沒有。

「我只是希望某些人不要來煩我而已。」例如：勇者。魔王難得認真一回，嚴肅聲明。

這時有人站到了演講臺上。

「安靜、安靜！」

一名年輕男子拍手示意，希望同學們能遵循指示安靜下來，但他的聲音很快就被掩蓋過去。見狀，本來脾氣就不好的男子心頭就像有把火正熾烈地燃燒，命人抬了一塊超大黑板到臺上來。

沒關係，他有自備道具。男子目光微微閃爍，嘴角閃現不懷好意的笑容。

「還不閉嘴的話，就嚐嚐這一招吧！」

就見年輕男子伸出雙手，指甲竟像是有生命般的伸長數十公分，手弓成爪狀，然後猛力往黑板刮呀、刨呀、抓呀，反正就是無所不用其極地摧殘黑板，順便也摧殘底下一票新生的耳朵。

果然，頃刻間，所有人都因為這恐怖到不行的聲音豎起渾身的汗毛，眾人的視線也因此聚攏在講臺上。

男子這才收手，拔掉事先已經塞在耳內的耳塞，得意地欣賞著眾人不一的表情。

有驚恐、有錯愕，不過大多都是憤怒的視線。

臺下毫不意外地傳出一面倒的噓聲，甚至還有人開始做出人身攻擊。

「誰說我是矮子的！有種給我站出來！」意外捕捉到某組詞彙，男子一下又被激怒，眼神凶惡。

的確，以在場新生們的平均身高來看，男子是矮了一截，就連有些女學生都明顯高出他一個頭，難怪他不喜歡被人叫矮子。男子擁有略帶稚氣的俊秀容顏，約莫一百六十五的身高讓人很容易失去戒心，只當是小孩子在亂發脾氣。

不過，他不是哪來的小孩，而是這所學院裡的導師之一——米諾。人稱睡眠的猛獸，一旦甦醒，你就得付出吵醒他的代價。

「是我。」即便處在這種場合也不受影響，魔王不在乎地老實回答。

「很有膽識嘛，小子，你叫什麼名字？」米諾危險地瞇起雙眼，看著臺下顯眼到不行的粉紅頭少年。

「我不是什麼小子，我叫羅亞。」更何況年齡也早超過可以被叫做小子的範圍了。魔王暗自在內心補上一句，倨傲地微微抬起下巴，從鼻間哼了聲。

「羅亞，是嗎？」反覆咀嚼多次，米諾決定記下這個不知天高地厚的屁孩的名字，日後一會好好「照顧照顧」。

「所以，你就是校長嗎？」

羅亞突然開口問，米諾頓時記起他本來的目的，急忙澄清道：「不，我並非校長。其實，我本來就只是為了介紹校長出場才出來暖場的角色。」一不小心把自己登場的目的說溜嘴的米諾尷尬了片刻，然後彷彿為了給自己找臺階下，刻意大聲地清了清喉嚨。

「話就先到此結束，接下來是校長致詞！」米諾揚聲說道，接著就恭請本校最不可或缺的靈魂人物出場。

話音甫落，米諾垂下頭退到一旁去，與其他等候多時的諸位導師並肩站在一起。還不忘大力鼓掌，希望能因此帶動現場氣氛，可謂是用心良苦。

現場響起一陣不算熱絡的掌聲，勉勉強強還算規律，而羅亞早就一臉無聊地打起呵欠，任憑思緒遊走。

總之，校長就在眾所期待的視線中，緩緩從腥紅色的布簾後現身，緊接著再以小碎步走到講臺後，站定位置，調了調講臺上早已預先架設好的麥克風。

現場頓時鴉雀無聲，大家都在等待校長開口，屏氣凝神，希望能讓入學典禮提前結束。

但是，如果事情真有那麼順利就好了。

校長是個八旬老人，從拄著拐杖的那隻顫抖的手來看，說不定比他外表看起來還要再老上幾歲，整個人如同是件易碎品，讓人輕忽不得。滿是皺紋的老臉此時顯得蒼白、氣若游絲，彷彿一個不小心就會隨時掛點，大家看得膽戰心驚。

「歡、歡迎各位勇者前來參加入學儀式，接……下來會舉行往年都有的小測驗，依照測驗的結果，我們會……咳咳……噗哇！」

沒想到，校長的話才說到一半，隨即咳出怵目驚心的血漬，之後仍面不改色地想繼續說下去，頭顱已經開始隨著微微翻白的眼睛而向另一邊傾斜。

臺下有同學實在看不下去，決定舉手制止校長再發言。救人一命勝造七級浮屠！「校長不要再說話了！您都吐血了，還是趕快去休息吧！」

校長抹抹殘留在嘴邊的血絲，眼眶裡有感動的淚水在打轉。「少年，你真好心，關心他人正是身為勇者的必備條件之一。不過，你不用擔心，那其實是痰。」

「不，我相當確定那是鮮血！怎樣看都不會是痰吧！」好心同學激動地反駁。

「那是摻有痰的血。」校長還想討價還價。

「所以說，根本就是吐血吧！」對方也崩潰地大喊。

臺下頓時鬧烘烘的，底下的同學們分成兩派，為臺上那灘暗紅色的液體到底是痰還是血而爭論不休。眼看即將演變成一場辯論大會，哪還有人在意入學儀式到底能不能順利進行。

原本的辯論大會，已經逐漸演變成血淋淋的暴動，場面逐漸偏向失控。

「打他！上啊！」

眾人的情緒像是被點燃的火炬，燃燒得更加熾烈，最終一發不可收拾。

就在雙方即將因一言不合開打之際，有人調了調麥克風，隨即傳出一聲長又尖銳的噪音。除了羅亞外，在場的學生們紛紛停下動作捂起耳朵，眉頭痛苦地緊皺。

羅亞的聽力本就與一般人不同，所以這點噪音對他而言根本毫無影響。

菲莉蓀可就慘了，她的聽力跟動物一樣敏銳，對一般人而言只是感到不適的程度，但在獸人族的耳裡卻是清晰得無以復加，放大了三倍之多。此時頭頂上毛茸茸的獸耳正軟趴趴地垂下，眼睛變成漩渦狀，轉啊轉不停。

大約持續了一分鐘，噪音這才停止。

「全部都給我住手！聽到沒！」

米諾高亢的嗓音從麥克風裡傳出，沒人再敢有多餘的意見。原因不在於這位身高不高的導師，而是在米諾身後顯然已經躺平了的校長。

再爭論下去還有什麼意義？引起這場辯論的事主顯然已經駕鶴西歸去了。

「校長就這麼掛了……？」有人驚愕地倒抽一口氣，這聲喊完後，眾人也紛紛表示不敢置信，所有人都想到同一件事上了。

——到底是招誰惹誰啊，入學第一天校長就因故身亡是怎樣，未免也太觸霉頭了吧！那接下來的入學典禮還要不要再進行下去？

「安靜，校長這是在休息！你們難道不懂休息是為了走更長遠的路嗎！」米諾直接選擇無視，絲毫不打算理會下面再度響起的議論聲，「所以，校長未說完的話就由我本人來說完。」

——校長根本直接一覺不醒了好嗎！喂喂，你也稍微轉頭正視一下他老人家的安危好不？

「不用管校長真的沒有問題嗎？」立即有人舉手提出質疑，其他人紛紛點頭附和。

「我不是說過了嗎？校長在休息，不用特地去打擾他老人家安息……我是說休息。」

根本看不出來他是在休息啊！而且你自己也說他老人家安息了！眾人只能在心底默默吐槽。

然而，既然導師都這麼說了，也就沒人上前阻止這場荒謬的鬧劇。

緊接著，便進入了入學儀式上的重頭戲了。米諾的嗓音透過麥克風清晰地傳出，將校長說到一半咳血未盡的句子流暢地接續下去。

「接下來，我們會以測驗的結果來分班，而測驗的主題就是『暗殺校長』。整個學園都是測驗場地，可以隨身攜帶武器，但不能使用火箭砲這種大範圍破壞校園的毀滅性武器。如果不慎破壞公物，就提前出局了喔。除此之外基本上沒有什麼規則，說到這裡，還有什麼問題嗎？」頓了頓，米諾滿意地看著臺下新生們每年必定會上演一次的驚駭表情。「另外，想必各位都有拿到一開始發放給各位的花朵別針，那其實是號碼牌。花瓣上頭會隨機出現一到九的數字，你可以自行決定是要單獨行動還是組隊，每組小隊成員的人數限制最多五人，但隊員必須擁有相對應的號碼，這是唯一的限制。」

「那個，」此時，有位嬌小的女學生好不容易鼓起勇氣，怯怯地舉手發問，「請問，為什麼需要暗殺校長呢？」

此句話道出了眾人心中的疑問。

「這個之後會解釋。」可惜，米諾看起來不打算現在回答，他的眉梢揚高，只說：「為了增加試驗的難度，既然是暗殺，就擺明不能明著來，也就是說，凡是被校長察覺蹤跡的人，也算在出局的行列！另外，我們導師也會加入試驗，所以你們同時要暗殺校長，也要防範導師們的突襲。」

此話一出，立即引來臺下新生噓聲一片。若要想成功暗殺校長，又得在不被察覺的情況下進行，同時間還得要防範導師們的逆襲，著實大大提升了這次試驗的難度。

眼見喧鬧聲遠比先前更加混亂失序，而且沒有停止的跡象，米諾伸長指甲打算再次折騰大家的耳朵。這回不用等他出招，有了一次血淋淋的教訓，大家都學乖了，自動閉上嘴巴，讓米諾繼續說下去。

米諾挑挑眉，頗意外這招竟讓大家那麼聽話，手放下時還一臉可惜。想必比起讓大家安靜，他更沉溺於折磨新生的快感之中。

「總之，說明到此結束，沒有問題的話，等等響起一聲警報後，測驗就正式開始了！」然而更讓人錯愕的是，米諾三言兩語交代完，就隨興地拍拍屁股準備閃人了，臨走前還附帶一提。「那麼，祝大家試驗順利。」

語畢，米諾轉身差人速速把昏死過去、臉色還微微發青的校長抬了下去。隨後自己則與多位導師消失在舞臺後方。

喧鬧聲重新回歸禮堂之中，新生七嘴八舌地討論接下來的測驗。已有人開始組隊，不管是要單獨行動還是多人組隊，大家都對接下來的目標很明確，也很清楚接下來會發生什麼事情。

眾人人摩拳擦掌，似乎已經預知自己能夠成功通過試驗。

現在只等警報聲響起，為這場暗殺行動揭開序幕。

而尚未組好隊的部分學生，不是吵吵嚷嚷地深怕找不到隊友，就是沒有

怠惰魔王的轉職條件

面臨考試的緊張感。

就在這一團亂的氛圍之中，尖銳急促的警報聲響起。

出發的時刻到了。

第五章

盡情懲罰壞孩子吧！

眾人紛紛邁開雙腿往禮堂大門衝刺，都希望能搶得先機，奠定往後的勝利——目標一致：暗殺校長！

瞬間，原本擁擠的室內清空了大半，只剩三三兩兩的幾組人馬仍在原地等候，似乎不急著狙殺目標，也不怕被人捷足先登。消息靈通的他們在等待一個絕佳的良機。

雖然校長已垂垂老矣，猶如風中殘燭，隨時都快掛了。但重點卻不是校長，而是各位導師們。導師會在試驗過程中測試學生們的實力。

在魔王看來，剩下的新生不是邊緣人、就是實力深藏不露的強者，習慣看清事態的發展，好決定接下來的行動。

先前急著衝出去的尋找目標的人，大多都是依循著狩獵本能，沒有深思熟慮，才認為這次的試驗肯定很簡單。

這時候，身旁冷不防響起一道溫和的嗓音。「嗨，同學，方便問你的號碼嗎？」

「不方便，若是想找我組隊的話，我的答案仍然一樣。」嗯，不方便。

羅亞沒在對方的身上感覺到不尋常的氣，十之八九極有可能是人族，而且還是過目即忘的平凡人族。

乍看下是個相貌極為普通的眼鏡男，不只長相不出色，身高也沒高人一等，身材還很單薄，是一遇到強風就會被吹著跑的那種類型。但是，對方身上卻有著容易與人親近的特質，這種人通常不會立志當勇者，反而比較適合親子臺的帶動唱大哥哥。

「別那麼快拒絕，你跟我都是第一次參加學院的試驗，途中還會有導師介入阻撓，組隊的話也有個照應，考慮看看吧。」

魔王偏頭想了想，覺得不無道理，多一個人行動的話在必要的時候可以推出去當人肉盾牌，「那好吧，我答應你的請求，四眼田雞，我是五號。」

「咦？那麼巧我也是五號，那之後就請你多多指教囉！對了，還沒自我介紹，我是白織。」單手放在心口上，按照名門望族的禮儀介紹起自己，看來眼鏡少年擁有著高貴的出身。

「白……痴？」羅亞簡直不敢相信自己的耳朵。沒想到，這世界上竟然有父母將會自己的孩子取名為白痴，看看，何等荒謬的父母啊。

少年無奈地嘆息。被人誤會也不是一天兩天的事了，白織出聲糾正：「白是我們家族的姓，我單名一個織字，全名叫白織。」

又是一愣，羅亞馬上理解般地點頭，沒想到這人的名字不難記，多念幾次還挺上口的。

「嗯，白痴。」

「是織，我叫白織啦！」白織一向自認對老人與小孩以及動物極具耐性，此刻的耐性卻逐漸被眼前的少年磨光了。「我不是都說了，我是白痴……啊！」一不小心就被對方牽著鼻子走，現下懊惱也來不及了。

「我知道啊。」這還用得著說嗎。

「算了，」最後，少年決定舉白旗投降，「我看你直接叫我白就好了，那你的名字呢？」白織第一次感到跟人溝通是如此疲憊不堪的事情。

「羅亞。」

「嗯？你們也是五號？」不知什麼時候菲莉蘇也湊了過來，表情顯得震驚，但很快就收了回去。「反正本皇女臨時找不到人可以組隊，只好勉為其難地……」

「警報聲要等到什麼時候才響起，我想要趕快開始了。」羅亞心情有些浮躁的表示。

「喂，不要無視本皇女！而且警報聲早就響了好嗎！」

「對了，學院的食堂在哪，等等帶我去。」

「是沒什麼問題，」白織不想被當成夾心餅乾中間的那塊餡料，連忙跳出來打圓場，「不過，羅亞，你先讓她把話說完好不好？」

「我說妳啊，」魔王的視線帶著睥睨，不耐地開口，「能不能好好地講話，一直本皇女本皇女的，吵死了，我就是我，用我自稱聽起來也順耳多了，妳能辦到嗎？」

「當、當然可以！」

「那說來聽聽？」

「我花瓣上顯示的數字也是五號。」

「所以？」

「能不能跟你們同一隊。」

「不行。」

「你是想找碴嗎！」好不容易平息的怒氣再度被人激發，菲莉蕬的臉色臭得不得了。

「冷、冷靜一點啊！」白織試著勸架。

「不要阻攔我，你這個四眼田雞！」但正在氣頭上的某皇女哪聽得進去，直覺勸架的第三者也是來挑釁的，怒氣沖沖地推了眼鏡少年一把。

白織重心不穩，身子一個歪斜，眼鏡頓時從鼻梁上滑落，望去視野隨即模糊一片。羅亞首先注意到白織的異狀，恰巧抬頭往上瞄，頓時驚訝到說不出話來。菲莉蓀也隨著移開目光，兩個人的嘴形頓時呈現O形，不敢置信的詫異情緒交錯，好半晌發不出聲。

「眼鏡，我的眼鏡啊！」倒是白織大驚小怪地嚷嚷，一副快要崩潰的樣子，卻不是擔心眼鏡本身有無沒有到損害，而是對於上頭沾染上無數大大小小的細菌而驚恐。掙扎了片刻，才從口袋裡掏出一條潔淨的白手帕，小心翼翼地撿起眼鏡，仔細地擦拭過並吹掉沾附其上的灰塵，準確地戴回，待視線終於回復該有的清晰度時，才總算察覺到兩人異常的反應。「你們是怎麼了？」

為什麼都一副見鬼的驚悚表情？白織真心不解。

「你真的是白痴嗎？」魔王首先回過神來，問了有幸目睹方才一幕的人都很想知道的問題。

沒戴眼鏡的白織看起來俊秀英俊，炯炯有神的雙眸再配上性感滿分的薄唇，是難得一見的美少年。魔王從來不知道眼鏡原來還有這麼大的功用，可以讓人在瞬間變身為平凡人。

「不好意思，是白織喔。」白織若無其事地更正，扶了扶重新架在高聳鼻梁上的眼鏡。熟悉的感覺再度回歸，視野也恢復清晰，得以瞧見新朋友的古怪表情。

見到那張毫無特色的臉孔再度出現在自己眼前，菲莉蘇不知為何竟有種鬆口氣的感覺。大概是剛才那位散發出太過驚人的男性費洛蒙，頓時讓人有些吃不消。

千算萬算就是沒料到眼前分明跟平凡劃上等號的少年拔下眼鏡竟像換個人似的，還嚴重影響到羅亞第一美男的寶座。出於個人理由，最終致使魔王下了這個重大的決定：日後絕對要盯緊他，督促對方千萬別隨意脫下眼鏡！

基於以上種種，他們擅自決定了往後白織無時無刻都得戴著眼鏡的命運。

「好，我決定了！」輕輕說完這句話後，羅亞步出了禮堂之外。

「你想到什麼了嗎，羅亞？」白織和菲莉絲跟著也走到陽光普照的戶外。

「白痴，你先聽我說。」只見魔王一臉認真地看向他的同伴，準備提出他偉大的計畫。

「你才應該要先聽我說，是白織啦！」白織一臉欲哭無淚地泣訴。

「總之，既然對方是校長，那他一定會在一個地方。」魔王絲毫不受影響，自顧自地繼續，神祕莫測、意有所指。

「什麼地方？」白織傻愣愣地反問。

「校長室。」羅亞面無表情地宣布答案。

「……會在這麼理所當然的地方嗎？」白織不知道該對羅亞簡單的腦袋表達什麼感想。

「太陽好大，紫外線可能會讓我的肌膚受損。」菲莉絲以手遮擋額前，說著與擁有小麥色膚質的自身極度不相襯的話，然後打開了一頂像是蘑菇形狀的紅傘，躲在傘花所製造出的陰影下，「我先去遮蔭的地方避避，之後你們就自己看著辦吧。」

「可是我們現在還在測驗，妳一個女孩子單獨行動也不安全啊！」白織搖搖頭，想法意外地紳士，絕對不能讓女孩子自己一個人暴露在未知的危險當中。

「放心，必要的時候我會開外掛的。」菲莉蘇只是轉了手中的陽傘一圈，並不怎麼在意的樣子。

「外、外掛？」不知道為什麼白織有點在意起獸人女孩這句話的真實用意。

「有肉！」菲莉蘇的鼻子突然嗅聞到什麼，眼神登時燦亮起來，一臉飢餓的神情。不只是她，另外兩人也清楚聞到了，在校園的某處飄來陣陣食物的香氣。是誰正在烤肉嗎？

「菲菲最喜歡吃肉了，雖然哥哥說要減肥，但女孩子是最不需要減肥的生物——等等人家啊！」

下一秒，菲莉蒜不顧白織的警告，看似嬌弱的身軀忽然湧現野獸般的狠勁，瞬間爆發，筆直往食物的源頭衝去。沒過多久，就看不見蹤影了。

「菲……啊，跑走了，就算要吃肉，好得也等到試驗結束吧。」

來不及喚回女孩，白織只能呆愣遙望遠方一個急速奔走的黑點。

「隨她去吧，我們快去校長室。」同伴少了一個魔王也不在意，相當堅持自己推敲出來的結果。

然而羅亞的腳步才跨出去不到幾秒，隨即猛然收住去勢，害後頭跟著起步的白織反應不及硬生生撞了上去，眼鏡都撞歪了。

「又怎麼了？」白織狼狽地將眼鏡扶正，沒好氣地問道。

「呃，校長室要怎麼走？」羅亞語氣生硬地問道，彷彿單單是向別人詢問的這個動作，就令他尷尬不已。

一直以來，在羅亞的生活中從來就只有命令式的對話，很少有機會詢問他不懂的問題。

「在入學簡章內有附上一張學院的配置圖，你沒拿到嗎？」白織說著，貼心地遞上自己的配置圖給羅亞。

單手接過後，羅亞將整張臉湊近，立即開始認真研究起地圖來，神情專注，還不時點點頭，彷彿看出了什麼心得。

「你的地圖拿反了。」白織沒有遲疑太久，直接揭開難堪的事實。

「是喔，那這樣呢？」無謂地聳肩，羅亞只是將地圖轉了一個方向，然後繼續凝視。

「算了，還是我來吧！」一把搶過魔王手中老是換不到正確方位的圖紙，「你該不會不知道怎麼看地圖吧？」白織的嘴角微微抽搐，現在換隊友還來得及嗎？

「嗯，看不懂。」魔王坦承。

在羅亞的眾多缺點之中，有一項就是，他的方向感很差。

「你難道都沒有自己出過遠門？」白織頓時感到不可思議，對於羅亞的坦白毫不懷疑。難不成他的隊友是個生活白痴？

「沒有，我從不出門。」羅亞實在是想不到有什麼非得出門的必要。

白織很懷疑以前他都是怎麼過活的。

「地圖還是我拿著吧，要不然我可能這輩子別想畢業了。」白織攤開地圖，目光在校園配置圖上游移，尋找通往校長室的正確路線。

有人願意替他分憂解勞，羅亞自然是樂得輕鬆。

但古怪的是，他們一路走來竟沒碰上任何學生。連隻小動物的蹤跡都沒見著，周圍安靜得詭譎。

他們按照路線，延著湖邊的小徑走著，白織手持地圖擔任引領的角色，羅亞則是一派悠閒地在後面漫步行走，不時四處張望，半點緊張的氣氛都沒有。彷佛他們是來此處健行兼野餐，什麼試煉早就被他拋諸腦後。

此時，旁邊忽然傳來一聲巨響，白織渾身一震，反射性地閃身躲到羅亞身後，順勢將死魚眼少年往前推。被迫親上火線的魔王，冷靜地轉頭朝聲源望了過去。

「有、有人可以救救我嗎！」隱隱約約地有呼救聲隔空飄來。

「羅亞，你有沒有聽到什麼聲音？」

「有嗎？只是你聽錯了吧。」羅亞打算裝死到底，他只想快走到想去的地方，即使得用某人的屍體換來短暫的寧靜也在所不惜。無奈地圖在白織手裡，只能被迫停步，跟著留意起周遭的環境。

「有啦，」白織異常篤定，堅持己見道，「羅亞，你陪我去前頭看看好不好。」

「又不是小學生，真是麻煩的白痴……」羅亞嫌惡地嘖了聲，但也只能勉強挪動腳步，前去一探究竟。

「你剛剛有說什麼嗎？」

「沒什麼，你是在哪聽到聲音的？」

「聲音好像沒有了，但剛剛的確是在附近發出的啊，真的是我聽錯了嗎？」

「……救命啊……救……」聲音再一次響起，雖然斷斷續續的，但這回清楚多了。

「有人在這邊！」白織發現到了什麼，立即上前查看，「你沒事吧？」距離有些遠，他的腳尖游移在地洞的邊緣，小心彎下身探查洞裡的情況。

「太好了，終於有人發現我了，不好意思，可以麻煩你拉我上去嗎？」

「可是你為什麼會在洞裡？」白織好奇地詢問，卻發現對方面有難色地低下頭去，尷尬地搔搔後腦勺。

「唉，說來話長……」

魔王也走上去前，垂下眼，映入眼簾的竟是熟悉的身影，一個有著刺眼笑容、過度開朗的傢伙。

「你為什麼會在這裡？」見到同學A一身狼狽地出現，羅亞感到莫名地一陣煩躁。

「羅亞，我們又見面了！真是有緣啊，必然是命運的紅線將我們緊緊地綁在一起！」

「在你還有閒情逸致說這種愚蠢的話之前，何不花時間動腦想一下該如何上來？還是你壓根沒腦？」

「別這麼說嘛，再怎麼樣，我們也是朋友啊。而且，你難道忘記了我曾答應過你什麼嗎？」

「我不懂你的意思。」

「嗚嗚，竟然這麼快就忘了。現在我已經算是你的人了，所以難道不該對我負一點責任嗎？」

「羅亞，你們認識？」

魔王一臉死目，極度不情願地開口：「我很想說不認識，但實情不容許我這麼說。」

白織張了張嘴想說些什麼，最終還是放棄了。「總之，先把人拉上來再說吧。」

「我覺得他待在那裡挺好的，我們現在該做的，應該是假裝沒見到任何人，然後盡速撤離。」雖然違背勇者的原則，但只要腦袋正常一點的人，都會選擇跟魔王一樣的做法吧。

「首先該準備一條堅固的繩子，還有一雙手套——」

羅亞面無表情地看著忙碌的白織，沒有追究繩子以及手套是從哪得來的。

「你在幹嘛？」

白織的準備程序已經進行到了戴手套的環節。「喔我有嚴重的潔癖，繩索上必然有著相當龐大且我無法接受的細菌數量，所以必須戴上手套隔離不可。」

「我不是這個意思，」羅亞猛力捏住白織的臉頰，強迫他移動視線，「看看周圍，這再明顯不過了吧？這個洞是陷阱。」

「咦？」白織和夏洛特同時驚呼出聲，而後者看起來更加驚慌失措。

「你的組員呢？」魔王看了看兩張愚蠢的臉龐，接著再次提問。

「他們說要去做準備，讓我一個人先在這邊等。但等了很久我都沒見到人影，就想去找他們，途中不慎跌到這個地洞，接下來就是你們看到的那樣了。」夏洛特努力仰著頭，老老實實地回答。

「這麼剛好？」羅亞懶懶地挑起眉，「看泥土濕潤的程度，這個地洞肯定是在近期產生的，明顯是有人蓄意挖下的。」

「照羅亞這麼說的話，那我不就是誘餌了嗎！」夏洛特神情嚴肅地想到這個可能性，縱使不願相信，鐵一般的事實卻擺在眼前。

「看來你還沒笨到無藥可救。」魔王點點頭，嘴角滿意地微微上翹。

夏洛特則抱著頭，深陷懊惱的情緒中。

與此同時，一如他們所預料，有狀況發生了。

一陣陰森的涼風颼颼颳過，下一刻，異物突然破土而出。一隻枯瘦的死人手臂掙扎著要呼吸新鮮空氣，然後整個身體緩緩從土裡爬出，體型容貌各異，只剩少部分仍有皮膚覆蓋，其餘的就只剩森森白骨裸露在外。

「這些骷髏……簡直就是一群病菌結合體，我真的不行了，太可怕了！光是想像那囤積了上百年甚至可能是千年的細菌，我整個人都要不好了啊！」白織的牙關克制不住地打顫，心臟跳得很快，呼吸也變得急促，冰冷的汗水接連不斷地冒出，混沌的腦袋快要呈現當機的狀態。

「你要擔心的不只是這個吧。」魔王難得扮演一回吐槽的角色，「這些亡者都是被人強行召喚出來的，從另一地轉移過來需要耗盡大量的魔力才有可能辦到，對方有可能不是什麼小角色。」

「到底是誰這麼缺德！」白織忍不住咆哮。

「人選有很多，不過最有可能的應該是——」

「哈哈！你們怕了吧！」這時候，一名不懷好意的少年拿著本書，伙同一票黨羽悄悄從藏身處現身，笑得比魔王更像邪惡反派。「我可以靠著書上的咒文召喚地底深處安眠的亡靈，並且為我所用，雖然這只是一般的新生測驗，但很抱歉，我並不打算因此手下留情，能解決一個是一個！」

「你這傢伙是死靈法師……？」魔王遲疑地開口，隨後又自己否認掉這個猜測，「不，你不是。」

「你又知道我不是了！」

「就憑你的身分，」魔王面無表情地淡淡答道，「何況，就我所知，死靈法師沒有收過這麼年輕的徒弟，即便有，也不會沒事跑來立志當勇者，畢竟死靈法師這個職業很稀有，每月的薪水足夠讓人過上自己想要的生活。」

嗯？既然如此，那他當初轉職為死靈法師的話不就離他的目標更進一步了？

但魔王隨即打消了念頭，死靈法師能夠隨意使喚亡者，但這些技能都是在自己也必須同樣死亡的前提之下才能夠達成。

若是活人強制召喚亡靈的話，那必將會——

「砰！」持有召喚書的少年忽然臉色慘白、直挺挺地倒下了，身旁的同伴一驚，連忙查看對方的狀況，一口鮮血自他的嘴巴嘔出，模樣悽慘。

「別自不量力了，」魔王適時扔出「看吧」的眼神，沒有表示多餘的同情，「不過是個弱小的人族，就該掂量下自己的實力。」

「羅亞！」

耳邊驀然傳來白織的驚呼聲，回頭看去，眼鏡少年一副下一秒就要心臟病發的樣子，整張臉都皺在了一起，咬緊牙關，彷彿是在忍受多大的痛苦。

施術者一旦擅自斷絕了魔力輸送，被喚來人世的亡者會因此而失控，在反撲施術者之前，會先將眼前所見的一切破壞殆盡。

通常一次召喚數量龐大的亡者絕對不是只為了打雜這類的小事，破壞才是他們唯一的目的，任務達成了才能夠返回。

在這方面，他倒是挺有責任感的。在魔王低頭思忖眼下的突發狀況時，白織已經因為一瞬間被迫接觸大量的病菌結合體而兩眼一翻，明顯昏厥過去，兩名披頭散髮的骷髏一左一右地架住眼鏡少年，其中一個甚至還不安分地將手伸進衣服裡，一路從腰側摸了上去，生前儼然是個痴漢。

「喂，你們，好歹負點責任吧！」

魔王這話是朝著準備逃之夭夭的一伙人說的。

「這不關我們的事！」語畢，幾名少年絲毫不顧自己闖下的大禍落荒而逃，離走前不忘帶上那名始作俑者，連拖帶扯地將人帶離事發現場。

「……」

魔王迅速判斷起情況，兩名勉強算是友人的同學，一名被困在地洞裡，另一名則被骷髏們脅迫作為人質。慘了，他似乎有些緊張，難不成是家裡蹲太久所衍生而出的職業病？

果然，再好的利刃放置久了也會變為鈍器，這句形容拿來放在魔王身上再合適不過了。

要打還是逃？這無疑是個艱難的選擇題，起碼對魔王而言無法輕鬆地答出是與否。於是，他打算由古老的方法來決定，伸手摸進口袋，拿出一枚硬幣向上彈起。金屬表面正反交錯，在空中停留數秒後落下，幾秒後穩穩躺在了羅亞的手臂上，片刻前他才剛暗自決定，正面就上，反之則表示這不是屬於他的戰役——

是正面。

面對這樣的結果，羅亞喜憂參半。唉聲嘆氣的同時，他走上前，喊出老態的臺詞：「放開那男孩！」

骷髏非但毫不忌憚，左邊那隻還拔下自己胸腔上的一截骨頭，挑釁似地扔出。

很好，談判破裂。魔王的表情雖然維持著一貫的漠然，但額角暴突的青筋已說明了一切。

他絕對要宰了這群不知好歹的傢伙。

魔王彎起狹長的眼睛，張開掌心，其上躺著一個形狀完美的結晶體，裡頭蘊藏著豐厚的魔力。畢竟要在這充滿光明屬性的學院裡使用闇黑屬性的力量太過冒險，只好用這種小道具應急。羅亞將晶體捏碎後，全身頓時湧現強大的魔力，在錯綜複雜的血管裡竄動。

「不打嗎？」他輕蔑地問句一出，早已死透的心彷彿被點燃了什麼。拱起殘破身軀的骷髏逐漸圍繞過來，數量多達十幾隻。就連捉住白織的骷髏也丟下手中的玩物，步步朝羅亞的方向逼近。骷髏的眼神雖空洞，行動卻敏捷，發出宛如地獄深處的吼叫聲後，張開咬合力驚人的口部，紛紛撲了上來。

魔王慢條斯理地戳揉著兩指，流動於體內的魔力竟像絲線一樣地被人拉出，長長的線上泛著銀白色的光澤，隨著長度的增遞，繃得緊直，猶如利器。下一刻，光芒閃逝，橫向劃過，立即將骷髏攔腰斬開，骨頭散落一地，連哀號聲都來不及發出，就化成地上的一灘爛泥，消融於空氣中。

「喂，快點清醒過來，不然我就要踩你囉。」

「……你不是已經踩上來了嗎？」白織好不容易逐漸醒轉過來，無奈地推開肚子上的那隻腳。他扶正鏡框，狼狽地爬起身，卻見到自己渾身髒汙，忍不住又大驚小怪地嚷嚷起來。

幾分鐘後，魔王和白織協力把困在洞裡的少年給拉上來，三人如釋重負地吁了口氣。

夏洛特不好意思地對他們同時表達謝意與歉意。「抱歉，害你們捲起這場事端，我想他們不是有意讓我做誘餌的，這只是場誤會。」

「不，他們就是故意的，你看不出來嗎？」魔王直白地說出大家都看得出來的事實。

「為了表示我的歉意，請讓我跟你們一起行動吧，人多好辦事啊！」

「為什麼在我看來，這比較像是懲罰。」羅亞的嘴角僵硬地抽搐不止。

「可．不．可．以．嘛～」夏洛特竭盡所能地擺出星星眼攻勢，滿臉真摯。

魔王的背脊竄過一陣惡寒，內心悄悄抹了把冷汗。「隨你吧，但以後不要再用那種方式說話了，我不喜歡。」

「嗯？為什麼啊？」

「我會想吐。」

「怎麼了，羅亞你身體哪裡不舒服嗎？難過的話躺下來可能會好受一點！」

「能不能把你的手從我額頭上拿開。」

「真是的，羅亞你不會是在害羞吧，放心，在這方面我很有經驗的。」

「那個……」被人忽視已久的白織默默看著兩人離去的背影，拿下眼鏡揉了揉眼睛，將眼前莫名其妙的情侶氛圍抹掉。他們竟然直接拋下他了，他還在好嗎！「不要自顧自地的就走掉啦！而且，你們走錯方向了。喂！有沒有聽到我說的話啊！」

低頭看了地圖幾眼，轉過頭對照附近的地形後，白織赫然發現校長室離他們目前的位置不遠，就在前方。

「我們好像在校長室的正後方！」

「真的是這裡嗎？」羅亞忍不住出聲詢問。

朝白織所指的方向看過去，魔王不由得略感失望地微微撇下嘴角。他以為校長室應該更加豪華氣派，想不到不過是一間普通的屋子。連魔族的僕人都不屑住在如此寒酸的建築，像這種易燃的木造建築到底哪一點好？這讓他百思不得其解。

就見，不與其他學生所在的教學大樓相連的校長室，是兩層樓的獨立木造別墅。鄰近湖邊，視野佳，還有木製棧道可以通往後山，在周遭金碧輝煌的建築包圍下，這裡顯得格外別緻。

魔王和他的小伙伴們在以不違反暗殺準則的前提下，盡量不製造一點足音，躡手躡腳往半啟的窗臺靠近，卻發現裡面早已坐著一位背對他們的老人。

翻動紙頁的沙沙聲響起，老人似乎正專心讀著什麼，聚精會神地凝視書頁上的知識，全然不知外面的世界發生了什麼天翻地覆的事情，毫無戒心。

更加不知道，自己的生命已危在旦夕。

羅亞不由得佩服起老人的淡定，目光不著痕跡地瞟向後方。他們被盯上是遲早的事情，不能說早有萬全準備，但預防勝於治療這個道理魔王還是懂的。

以夏洛特為誘餌的那群人，似乎也注意到校長室這邊的動靜，決定按兵不動，看樣子並不急於一時，反正他們有的是時間。

「天花板上有三個，角落的盆栽各躲了一個，櫃子後有一個，樓梯處有兩個，地板下則是有一個。」幾乎是一眼看穿，羅亞毫不猶豫地將那些準備暗殺校長的學生一一挑出來。

「羅亞，你是怎麼找到他們的位置的啊？」愣了一下，而後才發覺羅亞竟能不費吹灰之力地點出其他新生躲藏的位置，白織不由得讚嘆道，眼睛登時都亮了。

「這沒什麼，誰叫他們的殺意太明顯了。」羅亞聳肩，低聲說道。要察覺他們的位置，對魔王而言，根本就是雕蟲小技。

殺意？白織倒是什麼都沒感覺到。

只是羅亞本人並不知情，自己在這一瞬透出了一抹微妙的神色，雖然下一秒隨即恢復常態，白織卻清楚地將其映入眼底。

「怎樣，我臉上有什麼嗎？要是你突然想向我告白，我現在就可以直接告訴你答案。」察覺到白織的視線，羅亞轉過頭，看著他挑眉。

白織尷尬地收回視線，極力撇清自道：「誰想要向你告白，我對同性沒興趣啦！」

「我倒是不介意羅亞向我告白喔，讓我們的友情更加跳躍式地展開也沒有問題！」夏洛特不干示弱地介入兩人中間，像個遭人冷落的失寵大狗狗。

魔王沒有困窘太久，因為下一刻，校長室毫無預警地出現突發狀況，立即吸引了三人的目光。他們藏匿好自己的蹤跡，同時注意著屋內的一舉一動，任何動靜都不放過。

校長不知是否也察覺到異樣，手停住了。沒有了紙張翻動的聲響，室內頓時一片寂靜無聲，詭異的氛圍從空氣中盪漾開來。

正當魔王以為這場靜謐很可能會永遠持續下去時，校長終於打開金口，打破了這場我在明、敵在暗的僵局。

「躲在屋內的還不出來嗎！」校長驟然變了臉色，沉下聲，中氣十足地喝道，完全不似方才那般病弱的模樣。

無人因為校長的警語而輕易暴露行蹤，顯然認為校長不過是在虛張聲勢，或者說是故弄玄虛。但是仍然小心行事，以防有詐。

「不出來？那我數到三，不要逼我親自來找你們喔，九位新生們。」

好吧，起碼校長確實知道要來暗殺他的學生人數。其實羅亞絲完全不意外，因為要是沒有這點實力，也很難當得上這所學院的校長吧。

「一、二、三！」校長的嘴裡吐出倒數。

然而，一如預料，回應他的是一片鴉雀無聲。

校長深深吸進一口氣，悠悠地輕吐，然後莫名地發出一陣介於笑與哭的詭異笑聲，不由自主地捂著臉，笑得全身顫抖不止。

「那就沒辦法了，只好由我親自出馬，好好懲罰你們這群壞孩子囉！」

突然間，老人粗啞的嗓音不見了，取而代之的是嬌柔撫媚的女聲，清脆的敲響在偌大的空間內，餘音繞梁其上。

眾人還沒來得及反應過來到底發生了什麼事情，納入眼底的彷彿是一幕幕慢動作般的停格畫面，由遠而近。

只見假校長俐落地從椅子上起身，刷刷幾下除下幾可亂真的道具，毫不掩飾地露出底下的真面目——竟是穿著改良式旗袍，手持愛心小手，身材曲線只能用S來形容的性感大姐。

如果性感大姐不是在這麼尷尬的情形下登場，還真想讓人拿起相機，謀殺幾卷底片。但是在場的人，顯然都沒這般好的興致。

「校長竟然是假的？」

情急之下，有人不小心出聲，瞬間就曝露了自己的位置。對方暗聲喊糟糕，但話既已出口，似乎也就沒什麼好顧忌的，於是其他人反而逆向操作，紛紛大膽地從藏匿地點一一現身，殺意直接顯現。

「這樣難道不算違規嗎？規則可沒提到這點！」有人不甘心被擺了一道，計畫落空，嚴正提出抗議，強烈表達自己的不滿。

性感大姐掩嘴輕笑，笑聲卻只有令人感到毛骨悚然的寒意，「但規則也沒提到過我們這些導師不能假扮校長來誤導新生啊。」

她說的是事實，米諾從一開始就說得很清楚，試驗幾乎沒什麼規則可言。

新生們自覺理虧，但也不想就這麼算了，於是不到兩秒後抱怨的句子毫不客氣地從空中如熱鍋上的油炸響了，接而連三地。

「這算哪門子的測驗！」這時候大家就極有默契地一鼻子出氣，炮口對準敵人，明明上一刻彼此間還是互相競爭的關係。

性感大姐對這些抗議聲恍若未聞，只見她風情萬種地撩開髮，小巧精緻的鼻子哼了聲，踩著高跟鞋，姿態曼妙地走上前，臉上帶著從容不迫。

「米諾還有一點沒說到，我在此補充。」她頓了頓，聲調揚高，字字清晰地強調，「在這場測驗中，我們這些導師說的話就是規則，也就是說呢，你們這些人都已經出局囉。」接著，性感大姐口氣愉悅地補充。

聽到出局，新生們的臉色不約而同地垮了下來。就算要死也要死得其所，莫名其妙就被判出局，任誰都不服氣！

「既然都出局了，那麼接下來就是快樂的分班時間！」性感大姐的話頓時掀起另一波高潮。

幾乎不給絲毫反應的時間，手執愛心小手的性感大姐，像個即將奔赴刑場、處罰罪人的劊子手，咧出一個不懷好意的笑容，眉宇間驀地覆上殺氣。

啪啪啪，一連串拍打聲此起彼落地響起。

愛心小手所到之處就是一個毫不留情的紅印子，有人被打到手背、臉頰、額頭、背部，火辣辣的痛楚令他們痛苦得扭曲了臉，一時間哀號聲不絕於耳。

「好了，分班儀式結束！」彷彿是嫌他們不夠悽慘，性感大姐乾脆又丟出一個震撼彈。

新生們錯愕不已，腦袋呈現當機狀態。他們是何時被分班的又是怎麼個分班法，怎麼自己完全毫無所覺啊！

「無知的新生們，看看剛剛被打的部位吧。」性感大姐似乎對連這個也要解釋感到相當不耐煩。

幾乎是所有人都反射性地盯著方才被打的部位猛瞧，看不到自己方才被打的部位，就互相依賴對方的眼睛確認。

片刻後，紅潮褪去，顯示出一個工整的英文字母。

終於有人意會過來這些字母代表的是何種意義，臉上瞬間失去血色，不可置信地指著對方的鼻子，渾身顫抖得厲害。「你被分到C班！」

「你還好，我被分到D班去了！」D班無庸置疑是放牛班啊，該位同學的心情此刻就像被流放到邊疆一般慘烈。心痛，但更多的是心焦！

甚至有人因此承受不住打擊，眼白一翻，昏過去了。

「麻煩解釋一下，分班的準則是什麼？」有人不認同這樣的做法，在事情底定前，還想做垂死掙扎。

性感大姐故做無辜狀，眨眨水靈大眼，嘟起櫻桃小嘴，聳肩。「其實，根本就沒有什麼準則可言，真要說原因的話，那就是看我的心情而定。」

「……」所有新生不免同時升起想直接休學的心情。

「喂，那邊那個，你被分配到什麼班級去？」

此時，性感大姐注意到有位新生一臉尷尬地站在原地，目光游移不定，也不與其他人搭話，嘴角僵硬地抽動不止。

「我剛剛被打的部位是臀部……」那位新生羞紅了臉低聲說道。總不能叫他當場脫褲，然後請別人幫他檢查屁股蛋上面顯示的是什麼班級吧？

噢，真糟糕，她剛才打得太過忘情，結果一時沒注意到就揮了下去，這叫馬有亂踢人有失手。

「好吧，你回去再慢慢看。不過你也別太傷心，你該慶幸我打的不是正面。」

性感大姐的話完全沒有安慰到當事人，反而造成另一波雙重打擊。

語落，性感大姐的表情忽一凜，警覺地回頭，眼眸危險地瞇起，看著現已沒有半個人的窗邊。

「奇怪，剛剛似乎有別人在的樣子，難道是我多心了？」最終只能喃喃低語一句，隨即不去理會。

早在性感大姐使出愛心小手連環巴掌攻擊的同時，羅亞、夏洛特和白織三人就先趁機溜走，後者還不忘替慘遭毒手的新生們默哀。沒想到試驗才剛開始就已有九人出局，看樣子試煉的確不如想像中地簡單。

魔王對這點也深感同意，只不過，對於這場分班測驗，他越來越有種不知所以然的感覺，這樣子拖拖拉拉地要到什麼時候才能拿到畢業證書啊？那又要到何時才輪到爽爽領退休金的死魚生活呢？

今天的魔王也深陷這樣的煩惱。

怠惰な魔王の転職条件

第六章

學校裡的變態
通常不會只有單數

How to Change Career
from Demon King to Hero

「總算逃過一劫了！」白織頓時覺得四肢發軟，口乾舌燥，只差沒有眼冒金星。

「為什麼要逃？」羅亞真心不明白。

「不逃難道還等著被盯上啊？」想起那愛心小手揮落下去的狠勁，白織就渾身發冷，如墜冰窖似地陣陣泛起寒意。

「不試試看怎麼知道，還是你覺得我會輸？」魔王好整以暇地勾起嘴角。

「這種事情我怎麼會知道。」白織原是想賞對方一記白眼，但在轉頭環視四周一圈後，察覺問題的癥結點，惶恐的視線停留在魔王的身上。「夏洛特人怎麼不見了？他剛剛有跟我們一起逃出來嗎？」

「不清楚，要怪就怪那傢伙實在是太弱了，什麼時候走失的誰知道啊。」魔王哼了哼，有點惱怒地說道。

「完了完了，他很有可能已經遭到那位導師的毒手了！我們要不要回去救他？」手足無措的白織此時此刻已然深陷於惶恐之中。

「要去你自己去，都這麼大個人了，也該懂得學會保護自己的貞操。」淡淡扔下一句，羅亞頭也不回地逕自往前邁開步伐。說不救就是不救，這點沒有議論的空間。

「這跟貞操有什麼關係……？喂，等等我啊，羅亞！」疑惑地搔搔頭，見人即將走遠，白織這才趕緊動身跟上。

逃離了性感大姐的愛心小手的觸及範圍後，羅亞和白織兩人不知不覺間來到了中庭的廣場，並且在那裡首次見識到什麼才叫戰況慘烈。雖然對羅亞來說，這副場景距離真正的戰事還遠得很，頂多只能算是「啊哈哈，來抓我啊」、「不要跑啊！小壞蛋，讓我咬你們一口就好了」這種你追我跑的追逐戰，並且看樣子還得持續一段時間才落幕，混亂的畫面實在是令人不忍卒睹。

「喂喂，各位同學，作為本校的導師，我覺得有義務讓你們體會什麼叫分班的美好！」

只見一名赤髮紅眼氣焰正高漲的男子，豪放不羈地騎坐在大型魔獸的背上，一邊甩動馴獸鞭，一邊向趕著逃命去的少年少女們溫馨喊話，但是說的話卻跟所做的事完全背道而馳，氣勢之強瞬間威壓全場。

爽朗的臉龐底下隱約浮現了嗜殺神情，看來明顯是在享受打獵的樂趣。

那些被當成獵物的可憐新生們只得拚命邁開步伐，使盡氣力擺動四肢，即便雙腿開始不堪負荷，肺部也灼熱得像是火焚，盤踞在腦袋的意識逐漸迷離，仍是不死心地想遠離四隻腳魔獸的嘴邊。但明眼人一看即知，這場人獸大賽很快就能分出輸贏，因為實力相當懸殊。

紅髮男子的嘴角勾起，揚成一個略帶愉悅的角度，口氣有些強硬地說道：「難道你們不想知道分班結果了？咬上一口就能知道，我覺得很值得，你們不覺得嗎？」

「不覺得！」所有人一致回頭怒吼。

由此對話可判斷，這名男子也是貨真價實的導師。與之相比，性感大姐的愛心小手就顯得溫柔許多，甚至只談得上是搔癢的程度。

紅髮導師性格豪放，向來不愛拖泥帶水，尤其是此刻，只見他一臉若有所思，似乎想盡速解決這群人，之後再趕場去弄死另一批新生，呃，是分班。

「我就大發慈悲，破個例，讓你們選擇被咬的部位，如何？」

「那還不是一樣！」被追逐著跑的新生們個個惶恐不已。

「放心，本校擁有設備一流的醫療團隊，等等或許會流一點血，但事後我保證一點疤痕都沒有，大概。」紅髮導師聳肩，毫不掩飾隨興的態度。

片刻後，新生們奔跑的速度明顯慢了下來，兩腿像是被施了重力魔法般，沉甸甸的，一步也邁不動了。有幾個人體力不支地倒地不起，進而拖累了整個臨時組成的團隊，宛如骨牌效應般，很快一個接一個都倒了下去。

像是再也沒有多餘的體力，大家東倒西歪地躺在地上，已經放棄掙扎，耳邊只聞急促的喘息聲。

「很好，你們這群人已在淘汰名單之內，無論做什麼都只是困獸之鬥，趁早放棄才是明智之舉。」

紅髮導師說著，從龐然大物上俐落地翻身落地。但一踏上地面，銳利的目光忽然變得溫和起來，手上多了甜甜圈，沒想到竟嗜吃甜食。他數了數出局人數，渾身毛茸茸分不清臉在哪裡的魔獸則乖巧地待在一旁，跟先前可怖的模樣截然不同。

「可惡，你比米諾那傢伙還變態！」新生A忍不住抱怨。

提到米諾，不知道那傢伙那邊現在狀況怎樣？這話倒是提醒了紅髮男別忘記打聽同事的進度，自己這邊則沒碰到什麼障礙，雖然有障礙的將會是別人，但一切都會很順利的。

紅髮導師的手摸上魔獸異常鬆軟的毛，伸了進去，直到茂盛的毛髮將整隻手臂吞沒，胡亂摸了一下才終於取出他想要的東西——無線電對講機。

「喂，有聽到嗎？米諾你哪邊怎樣了？」

對講機先是發出信號受到干擾的雜訊聲，等了一會後趨漸穩定，這才幽幽地傳出米諾稚嫩卻高亢的嗓音。

「我這邊的狀況啊，」停頓了幾秒，米諾似乎回頭查看了一下，得到了滿意的結果，才答覆說，「只有七字可形容，好得不能再好！」

「是六個字，不是七個字，哈哈哈，你還是一樣算術這麼爛耶。」紅髮導師一直以來都對於這個小個子同事的算術能力感到不可思議，即便如此，還是免不了要吐槽一番。

「搞什麼啊？」下一秒，米諾不滿的聲音立即從對講機傳出，「你特地找我，不會就只是為了炫耀算數比我好吧！」

「這是基本常識。」紅髮導師不禁有些後悔跟米諾通話，不知為何，米諾總是有本事能在一分鐘內搞得他心浮氣躁的。

即使中間隔著對講機，不是直接面對本人，他都彷彿看得到通話另一端的米諾不耐煩的舉動，似乎算數不好的不是米諾自己，而是他。

能夠把那麼簡單的問題答錯，也算是一種得來不易的天賦吧。紅髮導師不由得輕不可聞地嘆了口氣。

「耶！」米諾卻突然興奮地叫了一聲。

「怎麼了？」莫非是出了什麼狀況？紅髮導師急忙追問。

「賓果，又發現一群新生！」對講機裡頭傳來了米諾輕快的彈指聲。

米諾口中的新生似乎已經來到了視線可及的範圍，想必也同樣發現了米諾，因為他們的聲音毫無阻礙地透過無線電傳來，清晰可聞。

「喂，你們看，那不是米諾嗎！」

「他好像在叫我們過去？」同伴之中有人惶恐地接話。

「等一下，在他後面的那個是什麼鬼東西啊！」驀地，有個眼利的同學驚叫出聲。

「我有種不好的預感。」某人硬著頭皮說出內心的感受。「等等，不會吧！那東西朝著我們過來了，快跑啊！嗚哇！」

緊接著有長達數分鐘不間斷的驚恐叫聲，猶如一群正在觀看史上最恐怖驚悚片的可憐觀眾。

然後，啪沙一聲，無線電中斷了。

現在到底是什麼情況？

這個問題的答案，恐怕只有紅髮導師才能給予。

紅髮導師聞聲當即就決定無視這情況，並果斷地關閉對講機，不假思索地塞回魔獸的毛茸夾層內，儼然將其當作移動的活體置物櫃。

數秒之內，紅髮導師就將米諾的事拋到九霄雲外去了，全然不打算告知其他新生對講機的另一端到底即將發生怎樣的慘況，或是已經造就一樁樁血淋淋的命案了。

「好了，接下來該換我們處理正事了。」

「羅亞，這邊似乎也不太妙啊……」

將一切狀況盡收眼底的白織，壓低音量小聲向一直沒出聲的伙伴說道，同時腳跟緩緩向後移動，已經打算三十六計走為上策了。

白織遲遲沒得到回應，視線從開始大開殺戒的紅髮導師身上移開，轉而聚焦在身旁的同伙……嗯，人咧?!

白織愕然，完全不知道羅亞到底是什麼時候不見的。

無奈地嘆口氣，白織自認交友不慎，也只能苦命動身尋人去了。

學院生活才開始不到半天，或者是說根本就尚未開始啊！白織的心始終七上八下的，腦海也亂糟糟一片，即便校園上空的天幕蔚藍清澈，也無暇分神去欣賞。沒過多久，白織便在校內的湖泊邊看到了羅亞的身影。

那慵懶的神態以及背影，似乎正在釣魚。

「羅亞，終於找到你啦，你在這裡幹嘛？」轉眸望著湖面上載浮載沉的浮標，白織不太確定地問道。

「當然是在釣魚啊，白痴！」羅亞以理所當然的語氣說完後，白了他一眼，帶有一點小小的遷怒。

「這次我不會再聽錯了，我相當確信你是在罵我！」白織篤定地回覆。

「而且你哪來的工具？」

「那是你的錯覺。」羅亞才不會傻傻承認。「釣魚竿就擺在地上，我就拿來用了。」

「……總之，」死目了片刻，白織嘴角微抽，才終於自行把話接續下去，「不要告訴我，你釣魚是為了今天的午餐。」

時值正午，太陽悄悄爬到了頭頂上，散發出高溫炙人的熱氣，同時也提醒著他們午餐時間到了，是該補充身體所需的熱量的時候。

不知不覺間，這場不知目的到底為何的分班測驗也已進行到了一半，他們卻絲毫沒有任何進展，某人竟然還有閒情逸致在這裡釣魚？

白織已經可以預測到，他們會以吊車尾的分數被安排進入最爛的班級。

「你這個主意不錯，不過那也要等我先把校長釣起來再說！」魔王好像是現在才注意到時間，認真地聽進白織的提議，握著釣竿的手卻沒鬆開過。

「校長？為什麼？校長本來就是存在於水裡的生物嗎？」聲音不自覺揚高八度，白織錯愕至極地瞪視著羅亞毫無表情的面容，無法判定對方的話到底有幾分認真。「你到底覺得校長是什麼怪物啊？」

白織睜大雙目猛盯著平靜無波的湖面，很難想像水底下存有什麼生物，何況，他也從未聽說過校長是魚人族或是任何跟水沾得上邊的種族。

雖說有些種族不一定一眼就能以肉眼辨別出，但居住在水面下的族類一定會有些方便辨認的特徵，例如鰓或蹼。

「不然，你都是怎麼處理大型垃圾的？起碼在我家鄉的人都是這麼做的。」魔王無謂地聳肩，淡淡地反問道。

「你確定他們還配做人嗎！」白織忍不住汗顏地扶額，頓時啞口無言。

本來就不是。魔王暗暗在心底添上一句，他可是人人懼怕的魔族，做些不是普通人會做的事情，才顯得合情合理，不是嗎？

「在我那邊的人啊，為了想要的東西，大家都會不惜一切去奪取，即便是動用武力。那時候，可真是和平的年代啊。」思及此，魔王的目光突然放得悠遠，嘴角微微上揚。

「一點都不和平好嗎?而且不要擅自假設這裡的人也會那麼做啦!」真那麼做才恐怖好不好!白織氣急敗壞地怒吼。

「喂,有東西上勾了!」得來全不費工夫!魔王警覺地瞇起眸光,筆直地盯著水面上逐漸掀起的漣漪,浮標登時潛進水面之下。

果不其然,原本平靜無波的水面起了一圈圈的漣漪,以圓心為起點逐漸向外擴散,浮標也不知被什麼東西咬住,向下扯了扯,釣魚線瞬間繃緊,扯動的力道加大,以反方向拉扯,猛然往下縮去。

「喂喂,不會真的釣到校長了?」見狀,白織不可置信地喃喃,都忘了幫身旁將被拖下水的同伴拉一把。

魚鉤上的東西很沉,破水而出時,自然是帶起了不小的水花,羅亞和白織同時滿心期待地抬頭看去,屏氣凝神地靜靜等待試驗來到終局。

結果,那東西也好奇地回望兩人,眨動眼眸。以結論判定,是人形沒錯,但樣貌卻跟校長天差地遠,而且還是個半人半魚的怪物,乍看之下像是條人魚，但上半身卻是個粗獷、體毛濃厚的中年大叔。

被拋向空中時，大叔不斷地對他們拋媚眼，猛力放送加量不加價的秋波。接著魚線終於支撐不住大叔的重量，啪一聲，斷掉了。

「呀，討厭～」

噗通一聲，大叔落回水中，但看得出來，在回到自己的居住地前，他有多麼的不情願。

「呃，我剛剛是不是看到什麼神祕大叔啊？」沉默了半晌，白織總算找回自己的聲音。

「……」魔王素來平靜冷淡的面龐此刻讀不出任何情緒，「我看，我們還是完成正事要緊，去找校長吧！」羅亞順手把不知哪來的釣竿隨手一扔，拉著白織就往小徑的另一頭走去。

魔王實在是不想提起剛剛目睹到多麼驚人的一幕。

「但，剛才那是個大叔沒錯吧？」白織仍為此糾結不已。

「那是你的錯覺，世上雖然有的是大叔，但普通的大叔是不會住在水底的。」羅亞僵硬著臉，瞟也沒瞟白織一眼。「不管剛剛那是大叔還是人魚，都不重要，重要的是先找到校長再說！」羅亞難得正經八百地說出一句像樣的人話。

明白羅亞說得沒錯，方才那位大叔是什麼來頭，即便是學園裡的七大不可思議，都與這次的測驗毫無關聯。他們眼下的任務是找到校長，然後成功將其暗殺，順利通過測驗。

不知不覺間逐漸遠離了湖泊周圍的主幹道，岔入了一條地處偏僻的鵝卵石小徑，羅亞猛然回過神來之際，他們就位在一座廢棄的石堡面前了。外觀上來看是城堡的樣貌，但占地規模卻只是普通城堡的幾十分之一，儼然是縮小版的魔王城，約莫跟魔王家的寵物住的屋子同等大小。

眼見所及的景色一片荒涼，植物稀疏地生長在周圍，陳舊的磚瓦彷彿帶著一股霉味，像是歷經百年歲月的洗禮。這所學院是在近十幾年間才興建而成的，顯然跟石堡的實際年分搭不上線，令人不禁心生疑惑。然而即便是在過去的時光才得以重見的畫面，細瞧一些蛛絲馬跡中倒不難想像往日曾經有過的輝煌。換在成了廢墟的現今，不再有華麗的裝飾點綴，也似乎能從中嗅出隱藏其後的故事。

無論這裡的主人經歷過些什麼，必然都不是簡單的人物。

提到寵物，羅亞差不多快要把自家體積龐大又占位置的巨大身影給忘得一乾二淨了。相信，就算少了主子的陪伴，牠也能夠堅韌地活著。寵物就是該有那麼堅毅的意志才對，恰好與他徹底相反。

不過，既然主動憶起了，他內心不可否認是有那麼點想念。「不知道利利有沒有好好地看家？」

「利利是誰？」耳朵捕捉到這麼突然的一句話，白織認為不詢問也太對不起自己的好奇心了。

「一個你不需要知道的邊緣角色。」

「……你的個性一直都是這麼欠扁嗎？」

這點魔王倒是不置可否。

「來吧，這個。」羅亞一派輕鬆地向白織招手，然後指著他已經把手搭上的石鑄門扉，「你想進去嗎？」

「不想，一點都不！誰想要進去這個鬼才會知道的地方！」白織慌張地搖頭，然而在發現對方根本沒把他的話放在心上，還推開了門時，他更加慌張了。「喂喂，你到底有沒有聽見我說的話啊！」

「真拿你沒辦法啊，白織，看著我的臉。」魔王突兀地提出要求。

「什麼事？」聞言，白織聽話地將目光飄過去。

勾起漂亮的嘴角，加深唇畔的弧度，一雙漂亮的深色眼瞳驀地轉變為淺色，像是具有誘惑人心的魔力，使人望了猶如徜徉在微風中，不禁心曠神怡，心情都好了起來。

「現在，我再問你一次，你想進去嗎？」乍聽下似是疑問句，但言詞間卻染上了肯定的意味，一步步地誘導對方。

「想啊，我想進去，請務必讓我跟隨你。」白織目不轉睛地盯著面前的少年，不自覺地嚥下好幾口唾沫。不知為何，對方所說的每一個字他都不覺得有拒絕的必要。

「很好。」魔王滿意地點了點頭，收起燦爛的笑顏，隨即結束魅惑之術。這是羅亞私藏的一項技能，只要適時地奉獻出他的笑，那麼必將得到回報——例如剛才那樣就是。而且即便是在那段時間過了，對方也不會記得自己答應過什麼，屢試不爽，但也只有用在當下才有效果。

神智尚未回復過來，白織已經隨著魔王轉身踏進門後的空間。

石堡內空蕩蕩的，什麼都沒有，沒有任何傢俱和類似的擺設，雄偉大氣的外觀彷彿不過是具空殼子。四面都是石牆，隔間與通道亦不見蹤影，旋繞在空氣中的塵埃粒子與蛛網反倒成為唯一的點綴。見此景，魔王不免有些失落。

「什麼都沒有耶？不過，學院裡為什麼會有這樣的廢墟？」在白織的認知裡，毫無實際用途的建築一概被歸類為廢墟，任人棄用。

「喏，那個。」魔王的下巴稍微朝前方比了比，視線瞇起，眸光突然轉為凌厲，專注地凝視某處。「誰說這裡什麼都沒有的，眼睛放大點。」

「唔，你想說的是眼睛放亮一點吧……」白織順著對方的目光望去，映入眼簾的是位在中央的一座隆起處，看那高聳的程度，已經超越土堆來到土丘的程度了。土丘頂端處貌似還插著什麼。「那個似乎是一把劍？」

「白織，這個任務就交給你了。」羅亞張望四周一圈，發現顯然沒有第三人後，鄭重其事地一掌拍上對方的肩上。「由你去把它拔出來。」

「我怎麼覺得你只是純粹把麻煩事都丟給旁人處理啊？」白織忍不住以指腹按壓太陽穴，感覺青筋隱隱突起。

「……我從來沒有這麼想過。」羅亞的視線逕自越過白織，心虛地飄向遠方。

「你靜默了不是嗎！開什麼玩笑啊！」聞言，白織立即惱怒起來，揮動手臂指向土丘，像是發洩怒氣般滔滔不絕。「而且，這把劍到底是個什麼鬼啊！先不討論這裡是什麼鳥不生蛋的地方，如果按照遊戲進度來看的話，要是拔了那把劍肯定會發生什麼事的吧。但這裡是勇者學院，起碼來個石中劍，土中劍也太寒酸了吧！而且劍埋在土裡的話，不是誰都拔得起來嗎！」一口氣抱怨完，白織吐出一口大氣。

還有一個讓他全身都感到極度反感的因素，他有相當程度的潔癖，想想那把劍的劍柄上沾染上多少讓人頭皮發麻的細菌大軍，白織整個人頓時不寒而慄。

羅亞只是點點頭，表示對方的抱怨他都聽進去了，「說完了嗎？說完的話就快去拔，不要浪費時間。」

白織有些後悔，自己浪費了口舌與精力，結果仍導致同樣的結果。「你乾脆把我埋在土裡吧……」他不由得自暴自棄起來。

「可以啊，但必須等你先把那東西拔起來再說。」雖然疑惑，但魔王認為拒絕同學的請求不是現下該做的事情。

「你們原來在這裡啊，我找你們很久了！敢讓本皇女如此大費周章地找人，膽子挺不小的啊。」

這時候，一道銀鈴般悅耳的女聲毫無預警地插進兩人之間。同時，一抹屬於少女的身影正抽動著鼻子，向他們走來。看樣子，是憑藉著靈敏的嗅覺發現他們的足跡。

是許久不見人影的菲莉蕬。

「啊，菲莉蕬，沒想到妳竟然能夠奇蹟似地生還，難道都沒有碰到什麼人嗎？例如變態導師？」白織嘖嘖稱奇，目睹多人慘遭淘汰，少女卻安然無恙的樣子，反倒讓他覺得稀奇。

學院裡面總共有幾位導師魔王並不清楚，但讓他知道有三個變態等級的導師就足夠了。變態不嫌多，一個便足矣。

「什麼變態導師我是沒碰上，不過，倒是有看見校長。」接著，菲莉蕬竟然語出驚人地指向她剛才走來的方向。

「在哪裡？」兩人異口同聲地詢問。

「好像在植物園……喂，你們怎麼就這樣走了！」

菲莉蕬的話都還沒說完，兩名少年已經以手刀的姿態急急奔過她身邊。

就連平常懶懶散散的羅亞，此刻看起來也異常積極，幾乎不加思索地依靠本能行動。她不知道的地方是，雖然兩人進入學院的目標各異，但此刻卻有著同樣的想法：他們受夠了啊！

菲莉蕬暗自氣惱兩人不等她之餘，也只能抬腳準備跟上，卻在邁開步伐前遲疑了一下，回過頭。

身後的廢墟始終籠罩在靜謐的氛圍中，但剛才確實聽見了什麼，幾分鐘前也是，因為聽見了某道細微躁動不安的聲音，才會循著聲源來此的。那聲音，似乎在喚著某人。

「奇怪，是我聽錯了嗎？」疑惑尚未得到證實，菲莉蕬便打消了探詢的念頭。搖了搖頭後，趕緊跟上同伴離去的足跡，免得錯過什麼精彩的畫面。

怠惰な魔王の
轉職條件

第七章

植物園的校長爭奪戰

How to Change Career
from Demon King to Hero

尚未進入植物園前就能嗅到有股香氣陣陣隨風迎面撲來，猝然包圍住他們，讓還未進食的三人肚子忍不住發出抗議聲，其中又以菲莉蘇的肚子叫得最為大聲，證明此香氣絕對有到讓人食指大動的地步。

緊接著，彷彿為了驗證菲莉蘇的話不假，才一進到植物園裡頭，他們就在層層堆疊的蕨類植物後方的草皮上，找到了正在悠閒烤魚的校長，爐上的秋刀魚被爐火烤得香味四溢，油脂沿著帶有弧度的線條淌下，滴至格狀的金屬網上，激起另一波令人食指大動的滋滋作響，已經可以吃了。

「如果能吃一口就好了，但是本皇女現在身上沒帶多少錢，不知道能不能接受以物換物？」看得到卻吃不到並沒有縮減一分的欲望，菲莉蘇痴痴地遠望，托起頰輕嘆，猛嚥口水。

「這種時候還只想著吃，妳是頭腦簡單四肢發達的笨蛋嗎？」魔王對此表達自己的輕蔑。

「雖然常有人這樣說我們獸人族，但哥哥都用武力讓他們閉嘴了，何況，」菲莉絲發出理所當然的嗓音，「一般人不是有四個胃嗎？既然有那麼多胃，當然要想盡辦法將它們填滿啊！」

「嗯，就憑這點，我可以肯定地說，妳的智商大概不是一般人的水平。」

「菲莉蕬，妳為什麼會這麼認為，不，應該說是誰跟妳這麼說的？」白織不可置信地開口。這麼荒謬的知識到底是誰向女孩灌輸的？

「哥哥啊，但哥哥一直不允許我吃那麼多，說是女孩必須保持完美的體態。不過人家都瞞著哥哥，而且哥哥明明也吃那麼多，憑什麼男女就要受到不一樣的對待，真氣人。」菲莉蕬說著露出一臉懊惱的神情，豎起的耳朵也跟著無精打采地垂了下來。

「看來妳的哥哥不過是個沒什麼智商的熊男。」在羅亞擅自的想像中，菲莉蕬的兄長就跟一頭只會憑藉原始的欲望進食的動物沒什麼兩樣。

菲莉蕬疑惑地偏過頭，「你是怎麼知道的？哥哥很少以熊的姿態出現在別人面前。」

「……我覺得我們還是專注在眼前的事情上比較好吧。」白織表情尷尬地張望四周，深怕因而暴露了他們的形跡，急著想跳脫目前的話題。

「啊啊……要是肚子過度飢餓的話，那個可是會跑出來的……到時候被人看到可就糟糕了。」菲莉蘇努力將因飢餓而過度分泌的唾沫給嚥回，摸了摸扁平的腹部，細聲發出怨言。

校長的手雖顫抖得厲害，但完全不妨礙他進食的動作。他俐落地使用起筷子，然後三兩下就把烤魚吃個精光，只餘一副完整的魚骨，上頭還騰著熱氣。

食欲如此旺盛，完全看不出半小時前是要快嗝屁的人。魔王不知道老人在搞什麼把戲，還是說，這又是另一個導師假扮的校長？羅亞沒忘記前一回的親身體驗，忍不住猜想。

填飽肚子後，校長似乎感到絲倦意，揉了揉酸澀的眼，伸伸懶腰後，打了口呵欠，索性就地躺下歇息，毫不在意世俗的眼光。

當然，這無疑是給羅亞一行人絕佳的機會，想要手刃一名正在睡夢中的老人，根本無需排練。

然而，很顯然的，有這想法的似乎不只他們這組人。

一、二、三……十……

越來越多人從原先的藏匿處一一現身，各個摩拳擦掌，戰鬥才要拉起序幕，大家迫不及待地執行手邊既有的唯一任務。

很快的，園中空地多出了二、三十人，其中不乏看似強者的傢伙，他們都是循著校長烹調食材的氣味一路追蹤來此，結果就聚集了剩下的新生們，想必其餘人早早就被導師淘汰出局。

偌大的場地提供了他們良好的戰鬥場所，看樣子將會是場硬仗。

而且從他們的表情判定，他們老早就知道彼此的存在，這就讓白織有點尷尬了，他一直以為他們是第一批發現校長的人，實則不然。

「嗯？」有那麼眨眼的瞬間，魔王驀地察覺到不知從何處射來一雙不懷好意的視線，赤裸裸的毫不掩飾。

然而，再抬起頭時，卻發現完全沒半個人在意他，大家都忙著觀察彼此的戰力指數，雖然很可惜的，這不是肉眼就能輕鬆判定的事。儘管只有一瞬間，羅亞卻是真的感受到某人的目光曾駐留在自己身上，而那股討厭的感覺似曾相識，他是不可能會錯認的。

回溯到久遠的多年以前，他尚年幼時，還不懂得自身的身分背後所帶來的價值與意義，那個人跟當時的魔王打得不可開交，眼看雙方的戰事一觸即發，必不可避。

是勇者。

但這不可能，勇者來這所學院幹嘛？何況那位勇者是人族，事過境遷少說都得經過了五百年以上的歲月，人類是不可能有如此堅韌的生命力。若不是勇者的話，莫非是有人先一步在他沒察覺到的時候看穿了魔王拚命隱藏的的身分？

這更不可能，他極為小心隱藏自己的氣，到現在都還沒露出破綻。難道只是自己多心了？魔王頓時心亂如麻，紊亂的心緒根本有如萬馬奔騰之勢般地倉皇，他本就不善於思考，躊躇了片刻，最後果斷心一橫，不想了！

「羅亞，你是怎麼了？」有一瞬，羅亞若有所思的臉龐在白織看來，相當地陌生，彷彿此刻在他身旁的不過是陌生人。

「沒事，那個人應該不會來這裡才對。」羅亞低聲喃喃。

「誰？」白織隨口一問。

「一個跟我有深仇大恨的人。」嚴格說來，羅亞對勇者並沒有憎恨這類複雜的情緒，但他是魔王，按照老哏的套路，世世代代都不可能是朋友的關係，除此之外，還得再加上殺父之仇。

雙方對峙的氣氛很快宣告結束，目標只有一個，用不著給予提示，大家想法都一致，既然獵物只有一個，為了減少對手繼而提升任務的成功率，首先勢必得要先把競爭者幹掉不可！

敵人少一個是一個。

於是，深怕吵醒熟睡中的校長，一場無聲的戰鬥就此拉開序幕。

與此同時，「咻咻」兩道金屬破空聲傳來，接著激光一閃，兵器被光線折射出的光澤一下使其顯現於形。

有人當機立斷決定先發制人，發動了出其不意的突襲，事先沒通知，附近兩名無辜的新生不幸背部挨了記飛刀，就此倒地不起。

「情況不妙，還不快逃！」

白織心裡一陣緊張，迅速拉過身旁的兩人，二話不說轉身就跑，彷彿逃跑是唯一選項。這裡是植物園，理所當然有很多適合藏匿的地點，相對的，障礙也不少，在植滿了稀奇的花花草草的空間裡反而綁手綁腳，讓人一時間施展不了手腳。

「為什麼要逃？」

菲莉絲一臉莫名其妙的任由白織拉著，到處漫無目的地亂竄。

「想也知道，我們怎麼可能打得過他們，一點勝算都沒有啊！」不擅長武技的白織第一個想法就是逃，理智告訴他切記不要以小搏大，保命要緊啊！常言道：留得青山在，不怕沒柴燒。

「菲菲覺得未必如此喔。」菲莉蒸頂上的獸耳抽動了兩下，掌心另一端傳來白織過於燙手的體溫，其上還有倉皇冒出的手汗，不過卻是冷的。「黏黏的……」她還是比較喜歡乾爽的大掌，例如獅子。

「喂，白織，注意前面。」

羅亞的示警聲才悠悠傳來，白織緊跟著也看見了前方的情況，緊急踩下剎車的腳步，才不至於撞上突然從前方現身的敵人。

敵人有兩個，就見其中一人賣力甩動巨大的斧頭，另一人則熟練地操弄著手中的長槍，慢慢朝他們緩步靠近，似乎也在評估他們三人的實力。

「看招！」

揮著斧頭的那位仁兄，怪叫了一聲，猶豫了半秒，而後決定朝看起來最弱的白織開刀。

白織滿臉驚恐，手足無措地在周圍逃竄，但接二連三的攻勢卻被他僥倖躲開，不知是有意抑或刻意，每次當斧刃將要劃傷他時，總是讓他驚險地避過，還一副游刃有餘的樣子，看來閃躲才是他真正拿手的功夫，只是本人尚未領悟到這點。

另一邊也絲毫沒閒著，長槍這種武器相當棘手，攻擊範圍可近可遠，也就是說，如果不先破壞掉這柄武器，就毫無欺身的可能。

「羅、羅亞現在應該怎麼辦，對方的實力簡直超乎想像，我有可能會被殺掉的啊！」白織的語氣雖帶著驚恐，但像是能夠預測接下來的攻擊般，一一避開了。

「你的實力也超乎我的想像之外。」白織閃躲的功夫有目共睹，連魔王也顯得相當意外。

「嗯？我有做什麼嗎？」

持有長槍的敵人被他們閒聊的舉動給惹毛，怒火形於色，手腕一翻，一個戳刺立即過來，直取咽喉，攻的他們是猝不及防，下手之狠毒完全不打算留活口。

像這樣陰險狡詐的人才哪配得上勇者這個稱號啊！氣憤之餘，魔王才正想要開口，遊說眼前的人材何不乾脆加入魔族，留在這實在是暴殄天物，長相差不打緊，魔軍各個都醜得連自家寵物都識不得，但重要是行為要夠卑劣。

這時候，菲莉蘇忽地出手，猛力將羅亞往旁推去，速度快到像是只能捉到殘影的一隅，自己則向後一跳，才躲過惡劣至極的招式。

菲莉蘇的力量本就不屬常人範圍，而羅亞即使貴為魔王，萬人之上的嬌貴金軀，仍然還是免不去被推去撞樹的殘酷命運。

「噗哇！」這是魔王慘烈的叫聲。

「真受不了，這傢伙交給我對付，為了你們好，能閃多遠就閃多遠！」

菲莉蘇眼一閉，顯然已經有壯烈犧牲的準備了，戲劇化地張開手臂將魔王給護在身後，一臉決絕，毫不在意她要保護的對象發生何等慘劇。

「那好，妳請便！不過，剛才的仇我等等還是要報的！」既然有人自願替他挨那一槍，魔王自然是沒什麼理由拒絕，不過這份恩情他也沒打算真記在心上就是了，向來他只記仇不記恩的。

「聊天聊夠了吧？對我來說，誰上都一樣！你們一個個都別想逃！」被晾在一旁當背景很久的長槍男，怒氣終於爆發了。

長槍男隨即又發動攻勢，展開一連串的刺擊，這回還添加了幾種詭譎多變的招式，雖然在魔王眼中看來，不只速度慢得要命，而且招式的變化不大，不是專攻下盤就是上盤，仔細看根本就是漏洞百出。

「豹，模擬。」

語聲落，菲莉蕬雙手握拳，彎曲成貓科動物的姿態，剎那間，臉上突現出異變，左右兩頰的側邊皆多了幾塊豹紋，眼神遽然驟變，瞳仁縮得細長，宛如就是豹的化身。

就在下一瞬間，豹有了動作，轉眼間，從原地消失不見，速度快的地上都未見激起一粒粉塵，明明植物園的土壤是如此乾燥鬆軟。

長槍男愣住，攻勢不知何時已停下，趕緊左右來往張望，看不見目標他就無法回擊對方了，甚至連防衛都辦不到。

菲莉蓀當然不是真的從原地消失，而是以肉眼追蹤不到的速度高速移動，才會導致她消失了的錯覺。

現在的菲莉蓀儼然就像是隻行動敏捷、身姿優雅的花豹。

疏於防備的長槍男察覺到菲莉蓀的身影時，對方已經逼近他的身後，於是急忙旋身，雙臂一擋擺出防禦的架式，勉勉強強才扛下菲莉蓀強而有力的踢擊。

「搞什麼啊！」痛呼一聲，手臂上傳來的痠麻感頓時讓長槍男忍不住一頓咒罵。

「啊，時間來不及了，得快點才行啊！」菲莉蓀突然沒來由地小聲嘀咕，尖細的瞳仁因故凝聚成了一個橢圓，金澄的顏色淡去了幾分。

什麼時間？魔王納悶，眼前的戰鬥讓他一時忘記要轉身逃跑這事。

眼見同伴有難，雖然斧頭男與長槍男只是臨時湊和的隊伍，但為顧及顏面，斧頭男當機立斷地決定拋下白織，氣急敗壞地轉而衝向看似手無寸鐵的女孩。

當然，仍是被菲莉蒸輕鬆地側身避過，即使現在演變成二對一的險峻局面，勢單力薄的女孩臉上依然未見擔憂之色。

「我的能力是可以模擬動物們的動作，你們以為就憑人類的速度能追得上豹嗎！」說著，菲莉蕬臉上揚起得意之色，嘴角揚得高高的。「無論是何種能力，我都能加以模擬出來！這在獸族當中，也是少見的能力，除了我，也只有兩個人擁有。」

「菲莉蕬真是太帥了！」拍掌叫好，白織由衷感到佩服，忍不住為女孩帥氣的英姿傾倒。

「哼，跟我比還差得遠咧。」羅亞還在記仇，撞樹之恨讓魔王說不出任何一句讚美女孩的話。「只不過是猩猩學起豹來，有什麼值得拿來說嘴的。要我出馬，不到五秒就解決了。」

「羅亞，你的心胸真狹窄。」

「……要你管。」

而此刻在前線迎戰的菲莉蕬，覺得一味只是閃躲的話，只會白白消耗自身體力，對她並不有利，然而眼看時間快要到了，菲莉蕬很不想承認，但動物模擬其實只能維持幾分鐘的時間，如果持續太久而沒有解除的話，恐怕她有半天都是在睡眠的狀態，身體也會不堪負荷。

一般而言，危及到生命的緊急情況才會拿出來使用，今天的情況並不能算在危害生命的緊急時刻，但菲莉蕬自有考量，誰讓她如果沒有順利通過試驗，回到族裡的對待簡直比死還難受，所以無論如何她都必須成功，不然便成仁。

「猩猩，模擬。」速戰速決似乎是菲莉蕬唯一的選擇。

豹紋褪去，漸淡，濃密的黑色毛髮湧現，快速地生長，取而代之的是雙手被大面積的毛髮所覆蓋，看起來就像是猩猩孔武有力的雙臂。

「什麼?!」

下一秒，兩人驚愕的聲音同時響起，眼睜睜看著揮過去的武器被少女輕鬆接下，接著使勁收緊，然後一分為二，殘骸紛飛。

他們不敢置信地呆望著自己武器當場被折成兩半的畫面，當下做不出任何反應。

最令他們驚嚇的部分還沒結束，菲莉蒸如鬼魅似地靠近他們，左右開弓，各扯著他們的一隻手臂，高速旋轉起來，畫成一個完美的圓，毫不留情地將他們以拋物線的姿態給高高拋飛出去。

「哇，化做星星了耶！」白織的手放在眉梢上，遠眺，目送消失在天際線的兩個小黑點逐漸歸為虛無。

「如何，我們獸人族很厲害吧。」菲莉蒸疲憊地彎下腰扶著膝，氣喘吁吁地道，眼睛閃動得意的光芒，宛如極欲等待主人讚美的博美犬。

「嗯，很棒！」白織真誠地朝菲莉蘇比出一個上揚大拇指，不吝於給予友人稱讚。

「哼，還行啦。」羅亞狀似輕蔑地將頭擺向另一邊，不情願地承認，因為這樣不就間接證實自己很沒用嗎。

「那就好。」彷彿放下心中一塊大石，支撐住菲莉蘇最後一絲體力此時也耗盡了，身子一軟，直直向後倒去，倒地時碰出悶悶一聲響，揚起些許煙塵。「小白，人家要睡了，晚安。」

白織後來才意會過來小白原來指的是他，難免嘀咕，「什麼小白，好像狗的名字啊……」

「別管她了，倒是你有發現天色變暗了嗎？」羅亞感覺到他的頭頂上被一道陰影給籠罩住，一頭霧水地仰頭凝視天際。

「天色？」

羅亞此言一出，白織立即疑惑地順著對方的目光看去，才驚覺原本可以看到湛藍的天幕，此刻卻被茂密的樹冠給遮蔽，枝枒連結成網似地籠罩下來，什麼都無法穿透過去。

「那裡原本有一棵樹的吧。」羅亞頭微微一偏，朝左後方示意。那裡原本應該矗立著方才羅亞一頭撞上的樹，可現在，在同一地點，卻什麼都沒有，要不是濕潤的泥土明顯有爬行過的痕跡，魔王倒寧願只是他的記憶出現什麼錯誤。

然而，在正後方卻同樣出現了不該立在此處的植物，綜合這所有種種的跡象顯示，極有可能是同一棵樹所為！

原本的樹不知何故不翼而飛了，而本來什麼都沒有的空地上，卻出現了不該存在於此的植物，然而大家都明白，普通的情況，樹自己是不會憑空消失的。

雪特，他可以不要再想下去了嗎。

怠惰な魔王の転職条件

第八章

要死就一次死得徹底！

How to Change Career
from Demon King to Hero

樹長腳走路這件事即使是在這樣的一個世界裡依然怎麼想怎麼荒謬！但是，連魔王這顆向來不怎麼好使的腦袋都能察覺有異，看樣子事態果然嚴重了。

「有嗎？你記錯了吧。」白織全無危機意識，覺得羅亞未免也太小題大作。

只見羅亞雙臂環抱於胸，表情陷入深深的懊惱中。白織不禁擔憂，會不會是方才那一撞，終於把原本就不好使的腦袋給撞出毛病來啦？

「喂，白織，有件事情我一定得跟你商量下。」

「什麼事？」

「等等數到三，我們就開始跑，你沒問題吧？」魔王忽然要求道，卻完全沒有考量到自己體力負不負荷得了。

「那菲莉蕬怎麼辦？我們總不能把她丟在這裡不管啊！而且怎麼說，她也是因為我們才變成這樣的。」白織很有良心地第一時間就想到伙伴的安危，沒有棄之不顧。

「我想，躺在地上的女獸人看來一時半會是醒不過來了。」羅亞則絲毫沒有存在義氣的想法，也不覺得抱歉。

「呃，那可怎麼辦才好……」白織一臉為難地搔髮，傷透腦筋，一時半會也遲遲提不出解決的辦法。

「相信我，即使你把她扔在這，她也會活得非常好。」羅亞繼續面不改色地勸誘白織小朋友。

「可是，我們是同隊的伙伴，我實在無法把她丟下，要走一起走！」

「隨你便，但先說好，可別指望要我揹她。」魔王冷靜地打斷白織的熱血。

「沒關係，這種小事，我一個人就行了！」

說完的下一秒，白織蹲下身，先是努力地嘗試撐起少女的身軀，然後使點力氣將她甩到自己一點也不精實的背上，但光是這些步驟就足夠讓他滿頭大汗了。果然，才沒走幾步，便雙腿虛軟地跪倒，結果反被菲莉蕬的體重壓倒在地，動彈不得。

魔王完全不打算出手，只是在旁看好戲。

「救人啊……」白織實實在在地被菲莉蕬的嬌軀壓制在地，難受得以氣音虛弱地發出在他的人生中不只一次的求救聲。

「不是說過了嗎？要是一開始就把她丟在這，事情就不會那麼麻煩了。」人族還真是愛自找麻煩的動物。魔王忍不住扶額，嘆氣。

「別那麼說嘛。」

「自己想辦法。」說著，羅亞背過身去，索性來個眼不見為淨。

也不知道是死心還是決心自己應付，白織之後倒也沒再多說一句要求羅亞幫忙的話，頓時，現場安靜地出奇，偶爾傳來奇異的沙沙聲，忽隱忽現的，讓人無法忽視這聲音的來源。

這詭異的啪沙聲讓羅亞不快地回頭，同時口中還邊碎念著。

「白織你到底好了沒？我說你——」羅亞剩下的話語在見到後面的景象時全梗在了喉間，發不出半點聲音。

矗立在他眼前的，毫無疑問是一棵樹，而且顯然是一棵活生生的樹！

只見分岔出來的樹枝在空中瘋狂地拍打，張牙舞爪地肆意揮動，猶如銳利的鞭子，在空氣中激打出猛烈的風力聲。

在其中的兩根捲曲的樹枝末端，羅亞見到兩抹熟悉的身影。是白織和菲莉蕬。

羅亞正想忽視那抹不斷向他呼救的人影，打算當作沒發生過這回事。冷不防的，一根粗大的樹枝趁機纏上他的腰，讓他連掙扎都來不及，人就順勢被帶往空中那瘋狂舞動的樹枝陣中。

「羅亞，你也被抓來了啊！」白織開心地跟剛加入他們行程的同伴打聲招呼。

在雜亂的樹枝殘影中，羅亞只能看見白織扭曲的臉龐，以及斷斷續續的話語聲。

菲莉蘇依舊不省人事。

「你果然是白痴，我也被抓進來了，這下不就沒人能救我們了。」

在一片天旋地轉中，羅亞連短暫的思考都做不到，更別提能想出讓他們逃脫的辦法。

現在這種狀態，就像是被人給丟進洗衣機裡，水流還是一下調到最強的那種，不只頭昏眼花，就連胃也被打上好幾個結。

「現在的感覺就好像在坐旋轉木馬，好想吐，快吐出來了，嘔——」

白織幾乎是說吐就吐，黏稠的嘔吐物還因為高度旋轉的離心力，險些波及到羅亞。

「你已經在吐了，而且哪家遊樂園的旋轉木馬轉那麼快，我絕對不會去光顧！」羅亞滿臉驚恐地低身閃避另一波潑濺過來的不明液體。

照這樣每轉三圈白織就得一吐的情況下，遲早有可能會波及到自己，然而魔王的雙手被困在枝幹中，完全使不上半點力，腳又是在懸空的狀態下，找不到任何可供他立足的支撐點。

而且在他從高空摔死之前，羅亞懷疑自己很有可能先溺死在別人的嘔吐物中。

怎麼辦，要使用魔力嗎？一旦使出來的話，很可能會讓自己的身分暴露，還會面臨退學的危機。

該死，偏偏瑟那卿這時不在，不是說要當個稱職的管家嗎？竟然放任主子在這裡自生自滅，他倒是會成為史上第一個因怠忽職守而害死自家主人的管家。

嘔吐聲持續響起。

羅亞腦袋在高速運轉的同時也得忍受這股難聞的酸臭氣味，簡直可媲美放了一個星期不倒的廚餘。

氣急敗壞的魔王才打算喝斥白織別再吐了，卻在轉頭的一瞬間驚覺正在大吐特吐的人是菲莉蕬，而且由於平時食量就驚人的緣故，吐出來的量也絕非常人能比擬的。

不會吧？昏死了還能吐！魔王一整個錯愕。

另外兩人該死的譜出嘔吐雙重奏，羅亞也快把持不住，想要跟著一起吐的欲望每秒鐘以倍數成長，實在無可奈何，彎折的手上驀然出現了一個小小的結晶體。魔晶裡面蘊藏著不同元素的魔力湧動，魔族人在外出時不想自己的能力暴露在大庭廣眾下，往往會攜帶這種方便的替代品，只要將其捏碎，就能暫時借用裡頭的魔力一用，時間限制是十分鐘。

手握魔晶的羅亞，立即在下一刻捏碎了結晶體，碎片化為細塵消散在空中，同時間大量的火系魔法噴發，以迅雷不及掩耳的速度纏上植物的一部分，樹終究是木體，對於火有劇烈的抗拒反應，不到片刻，他們身下的大樹急欲擺脫三個臭氣沖天的燙手山芋，毫無預警地一個擺盪，就將他們當作隨手丟棄的垃圾，高高地拋飛出去。

三人越飛越高，耳畔風聲呼嘯，魔王暫時還沒有往下掉的預感，雖然應該只是片刻後的事情。

「羅亞，我們為什麼會在空中？」

睜開眼睛的首要畫面即看到自己處在高空，卻想不出任何關聯的白織，不由得納悶出聲。

「放心，很快就要回到地面了。」羅亞將視線壓低看了眼逐漸逼近的地面。

彷彿證明魔王所言不假，下一秒，猛力將他們拋甩出去的力道相對大幅度減弱了不少，受了地心引力影響的三人，理所當然地不可避免正在以高速，往下墜落。

一個是昏迷不醒的獸族少女；一個則是隱藏身分的魔族；而另一位是平凡無奇的人族，很明顯這三人都沒有能夠阻止自己往下掉的辦法，所以只能眼睜睜看著再度重回大地懷抱的同時也是自己生命消耗的時刻。

但逐漸成為他們安息之地的那塊林中空地似乎越看越覺得眼熟，那不正好就是校長午睡的地方嗎！

越來越近、越來越近，接著，地面響起轟然一聲巨響。

「碰！」並伴隨著一聲奇怪的聲響。

羅亞是最先墜落地面的人，幸好身下有個肉墊緩衝力道，才不至於當場命喪黃泉。他還來不及起身慶幸自己命大，就被隨後往下墜落的身影給狠狠壓回去，接著輪到菲莉絲，像是人肉疊羅漢般，這可苦了最底層的魔王，還得承受來自上方重力加速度的痛擊，而且乘以兩倍！

要不是魔王有魔力護體，這兩下真不是普通人所能承受的，幸好他不是普通人。

「我們活下來了？」白織轉頭環顧再熟悉不過的環境，不敢置信地喃喃重複，怕是在作夢，還捏了自己的臉頰確認。

「奇怪？為什麼我在這裡？總覺得睡了好長的一頓覺喔。」接著菲莉絲迷迷糊糊地醒來，起身時不忘幫白織一把。

「都沒人先關心關心我嗎？無情無義的東西。」羅亞難掩怒氣罵罵咧咧的，他可是承受了兩個人的重量。

要不是他是魔力深厚的魔王，換作是一般族類，哼哼，老早一命嗚呼，回家見GOD了。

「對不起啦，別生氣了，羅亞。」白織一臉抱歉，想伸手拉過羅亞卻被他賭氣地一手拍回。

「要不是我身下有免費的軟墊，你們現在也不可能站在這裡跟我說話了。」羅亞起身的第一件便是仔細檢查全身，看看哪裡有缺損，結果奇蹟般地安然無恙。

「羅亞，你口中的免費軟墊，不會是那團黑黑的東西吧。」

白織伸長手指顫抖地指向上一秒還活蹦亂跳，但下一秒卻明顯已經攤平的不明物體。

「我敢肯定，那個免費的軟墊有可能是生物或者是人類啊啊啊！」白織隨即因為自己的話而陷入了恐慌。

「小白，據我所知，那東西極有可能是——」頓了頓，菲莉蘇沒能把話說完。

兩人不禁面面相覷，心照不宣地說出同一個答案。

「校長。」

校長的眼睛微微上吊、翻白，明顯已經回天乏術了。

「也是，被三個人壓上，能存活下來才是奇蹟啊。」羅亞一邊點頭如搗蒜，一邊就事實作出不合時宜的評論。

「你怎麼可以這麼淡定！我們可是害死了校長他老人家耶！怎麼辦，要去自首嗎？自首會不會減輕刑期！」白織開始語無倫次，抱著頭，反覆想著這件事導致的多種後果。

魔王搖搖頭，皺緊眉心，「殺人就要有殺人的覺悟好嗎。」

「不要說的一副好像殺過人似的啦！」白織抱頭怒吼，瀕臨崩潰邊緣。

羅亞只是撇撇嘴，並沒有出聲否認，他的的確確是沒有濫殺過任何人類，即使在他當死魚的那幾百年間，偶有勇者不怕死地前來挑戰位在暗黑大陸上的魔王，但通常他這個魔王不必出馬，事件就會完美地落幕。

只是他常會懷疑他們家的寵物越養越肥，有很大一部分是來自有不怕死的勇者自願當飼料的緣故。

「不怕，留得青山在，不怕沒柴燒！」菲莉蕬走上前好心安慰明顯已經烏雲罩頂的白織，卻只招來反效果，讓後者對於未來的人生更加絕望。「若還是不幸背負了殺人的罪名，變成通緝犯，你可以考慮投靠我們獸人族，我是皇女，沒人敢動你的。」

「不要再說這種不吉利的話了啊啊啊！而且妳似乎忘記了我們是同一伙的？」

一旁的羅亞實在是再也看不下去了。

「我說，你們到底在說什麼啊，這次的任務本來就是暗殺校長，所以完全不用有什麼罪惡感，我們不過是順利達成任務，如此而已。」魔王當然可以輕輕鬆鬆地說出這番話。

但其他兩人都是第一次面對這種事，難免有些心焦。

「全世界大概只有羅亞能說得如此輕鬆了吧。」白織嘆氣，絲毫沒有指望友人能說出更有建設性的話。

「安靜，似乎有什麼東西要出來了。」噤聲示意，羅亞突然感覺到有一鼓新的波動，即將破繭而出，只是他此刻還不確定那是什麼。

據說是校長屍體的東西，突然發出炫目的光芒，那股光芒從頭頂一直往下延伸直至腳尖，然後將校長一分為二。

強光讓魔王等人無法視物，緊急以手遮住眼。沒多久，光芒隨即褪去，讓他們終於得以見著白光掩蓋底下的事物。

然而他們都看傻眼了。

接下來發生的事情就有點奇特了，有東西從校長的軀殼裡爬了出來，原本的校長則變成無用的廢棄物。待那人以高傲的姿態站定後，校長的外殼瞬間消施無蹤。

其他人無不看得瞠目結舌，羅亞雖然強裝鎮定，但原本下垂的死魚眼竟然也略微上揚了０．０１公分，顯示他也感到相當訝異，畢竟眼前上演的情況實在是有點特殊。

此時，校內廣播聲響起，「試煉終了，請已被分班的新生到所屬班級報到，再重複一次——」

分班測驗結束了。

魔王他們是第一批成功暗殺掉校長的學生。

本來是值得慶賀的事情，但魔王怎樣都高興不起來。

「呀，各位新生，恭喜你們達成此次的任務，真是可喜可賀。」少年一派輕鬆地來到學生們的面前，試著想緩和緊繃的氣氛。殊不知正因為他的到來，才讓現場頓時變得詭異至極。

「你是誰？」白織首先回過神。

「你在說什麼啊，不認得我了嗎？我是校長啊！」少年略感驚訝地揚高嗓音，彷彿這個鐵錚錚的事實，足以說明一切。

「……」三人皆無言以對。

怠惰な魔王の転職条件

尾聲

住宿問題容易引爆火氣

How to Change Career
from Demon King to Hero

站在羅亞等人面前的是一名自稱校長的少年，雖然魔王覺得看起來更像校長的孫子。

少年的五官秀氣精緻，皮膚白皙，柔順飄逸的白金髮絲散發出的光澤簡直可以去拍洗髮精廣告。左耳上鑲有炫目的金屬耳環，身上的衣服既年輕又時髦，儼然是個時尚達人。

在正常情況下，這種人應該要出道當偶像，而不是自稱勇者學院的校長。

「怎麼可能！校長明明就躺在你後面……咦，不見了！」白織愕然，慢了一拍才驚覺似乎太晚了。

校長的軀殼就這麼灰飛煙滅，連個渣都不剩。

少年開始簡單說明為何他是校長，以及這場測驗的最終目的，最後下了一個沒什麼說服力的總結。

「總之，事情大致上就是這樣，接不接受就看你們囉。」

「所以說，這場測驗的目的，是為了讓身為不死族的校長透過這次的暗殺獲得重生機會，分班只是其次，是這樣沒錯吧？」白織試著將大腦分析理解後的內容，經由自己的嘴巴再整理一遍。

「沒錯！」少年直接了當地點頭，「我雖然身為不死族，但與人族一樣會自然衰老，生命走到盡頭時，必須經歷過一次死亡才會重生。」

「那你幹嘛不選擇自我了斷啊，就不用如此大費周章……」

白織毫不客氣地小聲嘀咕，一點都沒有顧慮到當事者的心情，但還是被耳尖的校長捕捉到了。

捂著心口激動地顫抖，校長一臉心絞痛的模樣。「難道你們不願意完成一個老頭子的心願嗎！你說得沒錯，我確實嘗試過幾次，到頭來還是辦不到。自殺與他殺完全是兩碼子事啊！」

根本就只是你怕痛而已吧！白織決定默默在內心鄙視校長。

能擺脫衰老身軀，校長也相當滿意，如果過程能不那麼痛就更完美了。

實在是不忍說，校長原以為這次真的要跟大家說再見了，煩惱之餘，他還真的考慮過仿效某位古人投河自盡。但當時是冬天，他隨即打消了念頭。

羅亞煩躁地抓亂原本就不太聽話的一頭亂髮，下意識抿起唇，微瞇雙眼。

不知道為什麼，他感到非・常・火・大。

忙碌了一整個上午，迎向他的竟然是這種結局，美其名是測驗，但魔王心裡卻產生了一種被人利用的不悅感。

為了排除掉這個突如其來的焦躁感，羅亞想做一件事情，而且心動不如馬上行動！

「校長，可以問你件事嗎？」

「呃，請問？」

校長本來想拍拍屁股轉身走人，卻因為羅亞的問題而被迫停下回答，表情顯得極度不耐煩。

「不死族到一個階段，就得透過死亡來讓自己獲得重生的機會，那重生之後呢？這時被人殺死還會有復活的機會嗎？」說著，羅亞逐步接近校長，一次一小步，無形中帶給對方一股沉重的壓力。

「如果這時候被人殺掉的話，我想就沒有重生的機會了吧。不過，你問這想做什麼？」校長沒聽懂羅亞的意圖，老老實實地回答，說完後卻不由得冷汗直流。

「沒事，只是好奇。」羅亞突然一掌拍上校長的肩，將那顫抖得厲害的肩膀強壓下來，卻完全沒帶來安撫的作用。

「真的只是好奇嗎？」

「您說呢？」

在那一瞬間，校長真真切切地看到了惡魔降臨。

「結果被分到了F班。」

白織無奈地看著寫著F的招牌，大大地嘆了口氣。

雖然他的目標並不是要成為精英班的學生，但被分到末端的班級，他的人生還有未來可言嗎！思及此，白織又嘆了一口氣。

「F班沒什麼不好，只要能夠讓我順利畢業的話，到哪裡都沒差。」胸無大志的魔王如此淡定表示。

「當然不好！」白織強忍大吼的衝動，「F班是整個學年的尾端，也就是吊車尾的班級，學園裡的一些設備資源根本輪不到我們用啊！」

「小白知道得真清楚。」菲莉蕬倒是沒那麼多心思，單純覺得還有認識的臉孔在，總好過一個人被丟到陌生的環境自生自滅。

「學園導覽裡都有詳細說明，應該會隨著入學通知書寄到家裡，你們沒收到嗎？」

白織的手上頓時多出一本厚如字典，高達九百多頁的導覽。

白織已經將裡面的每一條校規還有各教室的位置大致看過一遍，相信自己絕不會迷路，也能在不觸犯任何一條校規的情況下零失誤地畢業，邁向美好且成功的勇者之路！

「好像沒什麼印象，但記得通知書來的那一天，本皇女正在烤肉，剛好看到了一本可燃性垃圾，就拿去當柴燒了。那一天吃得挺不錯的。」菲莉絲癟著嘴，努力回憶。

「誰管妳吃得如何，就是被妳拿去當柴火燒的那一本東西啦！」

「真的嗎？不過烤肉很好用，不知道還有沒有在賣。」

「別打我這本的主意！」白織牢牢將自己的導覽抱在懷中護住，不讓菲莉絲有下手的機會。

「小白這樣是因為討厭菲菲的緣故嗎……」獸耳委屈地垂了下來，女孩一臉深受打擊的模樣。沒想到在她高傲的外表下，竟意外地玻璃心，彷彿都要聽到玻璃碎落一地的清脆響聲了。但她隨即又振作了起來。「還是說，菲菲用錢跟你買？」

「這不是錢的問題啦！」

分班測驗結束後，學園再度恢復該有的寧靜。一路走來，各班教室都冷冷清清只坐了幾個學生，估計都是去醫療室報到了。

在這場來得快去得也快的分班大亂鬥中，各班導師都有一套其分辨新生素質的方法。

每位導師注重的層面各有不同，所以有時也會出現能力不高卻被分配到精英班級的例子。

學園裡一共分為特A、A、B、C、D以及F，六個班級，被分配到F班的人通常是學園裡最沒有立足點的一群人，走到哪都會被瞧不起。雖然班級不代表往後的成就，卻仍像是被貼了標籤，而這個標籤很可能會跟隨你直到畢業為止。

羅亞他們是第一批通過試驗的人，本該分配到更好的班級去，但由於某人毆打校長的暴行，讓校長大人在喜獲重生之後立刻躺著進醫療室報到，害他們被下放到F班，這叫白織能不恨嗎！

彷彿無法接受這殘酷的事實，白織在走進教室找位置坐下時，仍然碎念個不停。

忽然間想起什麼，他的目光環視教室周遭一圈。空位還有很多，只有三三兩兩地坐了一部分人，並不是全員到齊。看樣子是因為分班儀式的手段太過激烈，導致幾乎五成的新生在踏進所屬班級報到之前先去了一趟醫護室，所以那個人也可能正在那裡接受治療嗎？

實在是有些在意，白織忍不住開口問起了某人的情況：「對了，羅亞，你那位朋友在測驗結束之後有跟你聯絡嗎？」雖然之後他和羅亞幾乎沒分開過，他還是抱著對方能從混亂的分班測驗中生還的希冀詢問道。

「你說誰？」魔王轉過頭，眼神卻帶著一絲茫然，彷佛壓根不知道他說的是哪件事。

「夏洛特啊。」對方的實力似乎不怎麼強，沒有意外的話，或許他們能分在同一班，多一個朋友總是占優勢的。「羅亞，你覺得他會被分到哪一個班級啊？如果在同一班就可以互相照料了。」

「不知道，不要問我，有些問題只有本人才會知道。」羅亞看上去似乎毫不在意，話題到此打住，差不多可以結束了。

這時候，教室的門扉被人推開，卻不見有人走進來，然而又確實有腳步聲迴盪在教室內。過了一會，才有顆腦袋從講臺後冒出。

是米諾，因為身高的關係很容易被人忽視。其他同學都愣了一下，才紛紛把視線往下移動，聚焦在米諾身上。

「啊，你是早上那個新生，沒想到竟然被分配到我的班級。」米諾很快便注意到粉紅頭少年的身影。

「我有名字，我叫羅亞。」

「羅亞同學，歡迎你來到F班，一個專門為魯蛇設立的地獄班級。」米諾毫不客氣地將戾氣一古腦發洩在學生身上。看來是想藉此下馬威，為自己在F班樹立威嚴。

「滷蛇？我只聽過滷蛋、滷肉，沒聽過什麼滷蛇，不過把蛇拿來滷，這是哪國的料理？」說到食物，魔王的肚子也不爭氣地餓了起來。到底什麼時候才能放學啊。

「魯蛇是輸家的意思。」米諾沒興趣聽羅亞廢話連篇。「別懷疑，我指的就是你們。在你們進入F班之前，想必就有相當大的覺悟了吧！當然你們也不是不可能以高分畢業，只是這機率相當小。你們知道這機率有多低嗎？」

米諾冷眼環視坐不到教室三分之一滿的新生們。「哼，今天才第一天，就先放你們這些菜鳥一馬。如你們所見，我是F班的導師，雖然身在F班，可別妄想整日打混摸魚，我會比照A班的標準來嚴格對待你們。誰叫我跟A班的導師打賭，沒有在年度總評比贏過A班的話，我就要去幫他洗一個月的衣服。你們說，這屈辱誰吞得下！」他是無論如何都嚥不下這口氣的。

原來我們是導師之間打賭的犧牲品啊。眾新生不由得哀怨地想著。

「總之，」米諾旁若無人般逕自接續道，「你們順便告訴那些還未到場的學生，讓他們眼睛放亮點，想去辦退學手續的人請自便。至於那些留下來的人，我會好好教導你一名稱職的勇者該做些什麼事，以上，解散。」語畢，米諾就跟來時一樣突然，轉過身，一陣風似地火速離開教室。

留下一票錯愕的新生。

「呼，終於可以回宿舍了。」

方才緊繃的氣氛讓他連大氣都不敢喘一下，白織都快憋死了。

「什麼宿舍？」羅亞轉過頭，彷彿對這個詞彙感到相當陌生。

「這所學院附屬的學生宿舍啊。」

「沒人告訴我這所學院是寄宿制的。」該死，他怎麼從來沒聽瑟那卿提起過。

還是他其實提過？有嗎？糟糕，魔王一點印象都沒有。

「勇者專門培訓全體寄宿制諾藍學院——光看名字就能知道這裡是住宿學校了吧，而且是強制性的。一年級生都必須入住宿舍，以培養強韌的心性及日常生活的獨立自主，導覽上面是這麼寫的。」

就是這個！一定是學院名稱太長才會讓魔王忽略最重要的兩個字——寄宿。

「你知道學生宿舍是在哪一個方向嗎？」魔王驀然浮現要將宿舍炸掉的危險想法。

「知道啊，學院宿舍的配置名單也差不多出來了。這屆的新生比往年還要多，房間有三人房也有四人房，或許會有人被分配到高年級學生的宿舍裡，我等等還要去一趟市區採買些生活用品。」白織順道補充。

「意思是你下午都很有空吧？」

你根本都沒在聽我說話吧！我沒空！超沒空的！白織慌張地猛搖手。

「人家有空喔，可以稍微陪平民去做些無聊的事。」女孩忍不住插嘴，但羅亞連理都沒理她。

「既然你下午沒事的話，不如陪我認識一下學院的環境吧，喔對了，我可能還要去買一張床。」

「我有事好不好！我超忙的！你到底有沒有在聽我說話！」白織不懂這種事為什麼非他莫屬不可，「而且你買床要幹嘛，宿舍房間不可能沒有床。」

「我會認床，我一定要用羊毛的床墊還有絲絨被，不然我就無法做好夢了。」

「那我還是懇求你，乾脆一點，不要作夢不是比較省時省力！」

「還有……」

「嗯？」

「我沒有錢。」

「菲菲可以陪羅亞去找適合的床墊以及棉被。」菲莉蘇將手舉得高高的，像個希望引起老師注意，卻屢屢被忽視的孩子。「雖然人家身上沒多少錢，但只要捎信通知哥哥的話，哥哥必然會……」

結果根本沒人在聽。

「白織同學，我們勉強稱得上是朋友吧？」羅亞眼底閃過一抹精光，不知道在算計些什麼。

「算是吧……」這種時候回答是或不是好像都不太對，畢竟在分班測驗時，他們也是共患難的同伴，再怎麼樣也不能利用完人就拍拍屁股走人了。

「那好吧，我允許你拿錢出來讓我花用。」羅亞瞇起眼，一手狀似親暱地攀上白織的肩。

「……我可以拒絕嗎？而且為什麼不問問我的意見！」

就這樣，白織莫名其妙地被人帶離教室，直往校門口走去。

菲莉蕬見狀，也立即屁顛屁巔地跟了上去。

校門口，早上被破壞的痕跡猶在，周圍也仍舊滿目瘡痍，毀損的種族辨識儀至今尚未被人修復，但跟早上相比，現在明顯乾淨許多了，應該是校方有派人前來清理，不過修復之路，應該有得等了。

羅亞在經過辨識儀時，雖然明知此刻它發揮不了作用，還是忍不住提心吊膽，直到安全通過才吁了一口氣。

「朋友之間不是應該互相幫忙的嗎？這是常識吧。」

確認儀器不會突然活過來幹掉他之後，羅亞才不要臉地繼續原本的話題。

「最好是常識！沒有朋友也可以活得很快樂！你不知道這世上多的是沒有朋友的人嗎！」白織大力吐槽。

這算哪門子朋友啊！絕對是把我當成肥羊了，是肥羊無誤啊！

羅亞無視對方繼續走著，發現他還真是有點想念魔王城裡的愜意生活。秉持著能當死魚就絕不當魔王的信念，在過去那五百餘年的蝸居生活裡，他向來認為魔王＝死魚，從來沒想過自己會有努力成為勇者的一天。

說來真諷刺，就連三歲小孩聽了會哇哇啼哭的魔王，竟然還是不得不為現實低頭。

羅亞在感嘆未來的校園生活同時，也不禁懷念起過去美好生活的種種，以及在那一成不變的生活裡，時常出現在背景裡的那位管家。

三人漸行漸遠，完全沒發現到有一名男人正躲在角落默默觀察。

「媽媽，這就是書上說的那種變態嗎。」經過的小孩扯著媽媽的手，天真地問道。

媽媽緊張得不得了，拉著小孩快步離開。

「噓，別跟他對到眼，萬一你長大之後也變成變態怎麼辦！」

被當成變態的瑟那，沒聽見母子間的對話，他關注的向來只有魔王大人，也只有魔王才值得瑟那關注。

「太棒了，魔王大人終於交到朋友了，不再是沒人要的廢材家裡蹲了。」瑟那激動地摀著臉，流下欣慰的淚水，半晌才垂下手。「好了，該進行下一步計畫了。」

數月前。

興建城堡的事已經如火如茶地展開，地點是在惡名昭彰的暗黑大陸。堡壘完工後十分令人滿意，頂著蒼穹的宮殿坐落在丘陵之上，望出去的視野相當良好，巍峨壯麗的建築散發出非凡的氣勢，令觀者望之生畏。畢竟能住進如此豪華王城中的只有幾種人，而那類人通常都跟權勢畫上等號。

富麗堂華的奢華大廳中坐著兩名少年，悠閒的姿態像是趁著大人不在家而狐假虎威的小孩。然而實情是，他們就是這裡的主人，只為自己行事，想做什麼就做什麼，沒人管，不受約束。

左邊的少年有著一頭金燦燦的秀髮，俊秀的臉龐讓人心生好感，此刻的表情被淡然的甜笑填滿。另一名少年卻有著深色的順直頭髮，幾綹垂落在耳側，相貌與鄰近的少年有幾分相似，很難猜測誰是兄弟中較大的一個。

深色頭髮的少年表情平靜無波，眼簾闔上，纖長的睫毛留下深沉的陰影，乍看下像是忽然陷入了沉靜的睡眠。整個人散發出一種病弱的氣質，太陽穴附近的脈絡清晰可見，蒼白的肌膚宛如隨時可穿透。

「不需要我再重複一遍吧。」金髮少年高傲地出聲，眼神睥睨地掃向王座臺前方的幾道人影。

原來在偌大的大廳上還佇立著其他人的身影，他們身上的裝束不見一致性，像是臨時找來的烏合之眾，臉上的神情卻有抹藏也不藏住的卑劣。他們是作惡多端的盜賊團，有犯罪的地方就有他們的身影，算得上是壞人的代表。他們是令人聞風喪膽的黑鴉，專門從事不法行業。

他們今日被叫來此地，就是接受了金髮少年的委託。

「只要有錢，一切好談。」首領的臉上立即堆滿對錢財的貪婪，笑得油膩膩的，肚上的肥肉彷彿呼應主人的情緒，時不時溢出來見客，「不過這樣就可以了嗎？只要讓火車無法如期抵達目的地，話又說回來，您不是勇者的——」

「閉嘴！」少年怒聲打斷對方，不耐煩地皺起眉頭，「你們黑鴉就是這樣運作的嗎，喜歡打探委託人的隱私？」

「這倒不是，就像您先前說明的那樣，無論用何種手段，只要我們能達到目的就好。但，我和我的手下習慣以明確的目標行事，如果過程中不慎殺人的話……」

「誰都可以，唯獨他，你們不能碰一根頭髮！」

「是您說的那名少年嗎？」

少年冷笑著，臉上卻無預警地閃現一抹憎恨的情緒，「因為他是我的，我會殺了他。但不是現在！為了弟弟，我必須那麼做！」

「閣下的弟弟……？」首領小心翼翼地詢問，不時查看少年的臉色，深怕惹怒對方，到時候落得人財兩空的地步。另一名坐在王座上的少年，從他們抵達之初便從未睜開過眼睛，像是陷入了睡眠。又更像是抹蒼白的幽靈，讓人不由自主地注意起他的存在

「我會讓我的弟弟——」金髮少年再度抬眼，眸中的殺意驀然顯現，好看的臉孔一度變得猙獰，「坐上魔王的寶座。我不在乎會犧牲什麼，為此，不達目的誓不罷休！」

——《怠惰魔王的轉職條件01》完

怠惰な魔王の
転職条件

後記

How to Change Career
from Demon King to Hero

這裡是雪翼，非常感謝你們能夠看到第一集的尾聲，真是感激不盡啊！（抹臉）

又到了後記的時間，這部作品絕對是我寫過最不容易下筆的作品。雖然前後加起來我也沒寫過那麼多部作品，一隻手就可以數得出來。（掩面）

魔王是在二〇一五前架構的作品，當時的走向跟如今呈現在讀者面前的成品有很大的落差，光是人物的設定及名字就被更動了好幾回，遲遲無法定案。那時候只是單純抱著想寫部搞笑取向的奇幻作品而動筆的，沒想太多的結果就是，必須得在薄弱的劇情以及人物架構上東補西填的。不誇張，第一集就修改了十個版本之多……

途中歷經了很多事，也換了新的責任編輯，在對方的慧眼下，我的作品依然存在著許多問題。不過最大的問題竟然是我抓不到角色互動間的萌點啊！（抱頭）

我想有很大的原因是因為主人公是如此懶散的傢伙，雖然討厭麻煩卻又不得不去解決，還能保持相當程度的積極性，仔細想想，好像不符合現實啊。

因為是第一次嘗試這類型的角色，只能對自己期許，希望往後會寫得越來越順手了。

懶散的魔王終於如願以償進到勇者學院就讀，這只是剛開始，第二集學院日常的劇情比例會偏重一些，還望大家能夠繼續支持這個故事！

最後，十分感謝總是在百忙中撥空陪我討論劇情走向的責編，以及這次合作的繪師大大幫忙繪製美美的封面圖，還有無條件支持我的家人們。每一次出書總是伴隨著興奮以及些微的焦慮，我都當成是第一部作品來寫，但希望不會是最後一部。

那就先這樣囉。看完後有什麼想說的可以盡情騷擾作者，歡迎大家到我的留言版，即便是短短的一句話，也能帶給我莫大的鼓舞！

雪翼

高寶書版集團
gobooks.com.tw

輕世代 FW322
怠惰魔王的轉職條件01

作　　者　雪　翼
繪　　者　泱泱大國
編　　輯　林雨欣
美術編輯　林鈞儀
排　　版　彭立瑋
企　　劃　方慧娟

發 行 人　朱凱蕾
出　　版　英屬維京群島商高寶國際有限公司臺灣分公司
Global Group Holdings, Ltd.
地　　址　臺北市內湖區洲子街88號3樓
網　　址　www.gobooks.com.tw
電　　話　(02) 27992788
電　　郵　readers@gobooks.com.tw（讀者服務部）
pr@gobooks.com.tw（公關諮詢部）
傳　　真　出版部　(02) 27990909　行銷部 (02) 27993088
郵政劃撥　50404557
戶　　名　三日月書版股份有限公司
發　　行　三日月書版股份有限公司/Printed in Taiwan
初版日期　2020年1月

國家圖書館出版品預行編目(CIP)資料

怠惰魔王的轉職條件01 / 雪翼著.-- 初版. -- 臺北市：高寶國際, 2020.01-
冊；　公分. --

ISBN 978-986-361-742-6(第1冊：平裝)

863.57　　1080149356

三日月書版

三日月書版

GOBOOKS
& SITAK
GROUP©

GOBOOKS
& SITAK
GROUP©